KB182324

38살, 아직도 연애 중입니다

38살, 아직도 연애 중입니다

초판인쇄 2019년 10월 25일
초판발행 2019년 10월 25일

지은이 윤미나
펴낸이 채종준
기획 · 편집 이강임
디자인 서혜선
마케팅 문선영

펴낸곳 한국학술정보(주)
주 소 경기도 파주시 회동길 230(문발동)
전 화 031-908-3181(대표)
팩 스 031-908-3189
홈페이지 http://ebook.kstudy.com
E-mail 출판사업부 publish@kstudy.com
등 록 제일산-115호(2000. 6. 19)

ISBN 978-89-268-9694-5 13810

이대로 괜찮은
결혼은 한 번 해보고 죽어야지 싶다가도
썸은 안 풀리고 소개팅은 망하고

38살,
아직도
연애 중입니다

윤미나 **지음**

이담
BOOKS

지금은 12월 31일에서 1월 1일로 이어지고 있는 긴 밤.

특별할 이유 없는 떠들썩함과 아쉬움의 인사가

낮의 해가 떠 있는 내내 이어졌었고

그 부산스러움은 바로 전 울린 보신각의 묵직한 타종 소리

에 맞춰 하늘 높이 올라갔다 흩어졌다.

31일에서 1월 1일이 되는 데는 가장 긴 시곗바늘 한 번의

움직임이면 충분하다. 하지만 그 짧디짧은 시간은 매년 버

겁고 조금 아이러니하게도 느껴지곤 하는데 아마도 그건

연말 내내 느끼던 허무하고도 처연한 기분이 남아있는 상

태로 새해 소망이나 계획 따위를 희망차게 다짐해야 하기

때문이 아닐까 싶다. 몇 시간째 보신각 타종을 생중계하던

TV에선 검은 밤하늘 높이 형형색색의 불꽃이 터지기 시

작했고 동시에 TV 속 사회자는 자정이 되자마자 새해맞

이 문자와 전화가 폭주해 이동통신이 잠시 마비되었노라

고 상기된 표정으로 말했다.

다행히 나에게도 몇 개의 다정한 문자가 왔다.

고등학교 친구 은정이가 매년 이맘때면 보내오는

생존 확인 문자.

대학 친구들의 단체 채팅방에 도배되고있는 새해 축하 글.

오래된 거래처 사장님이 보내온 붉은 일출 사진이 담긴

출처 모를 포토 문자.

그리고 몇 개의 그 문자들이 오는 찰나에,

오지 말아야 할 것도 같이 오고 말았다.

38살.

만으로 줄여보아도, 글로벌 나이로 우겨보아도,

이미 하반기로 팍 꺾여버린 30대.

그러고 보니 미혼 여성들의 바이블이라고 불리며

노처녀들의 실존적 위기를 이야기했던

브리짓 존스조차 30대 초반이었네.

그녀를 처음 만나 독신 여성의 가슴 찡한 일상에 대해 공
감하던 시기가 대학생이었으니 청춘이 아무리 눈 깜짝할
사이에 지나간다지만 그녀보다 나이 들어버린 것은 새삼
스레 충격이다.

그렇다! 이제 나는 30대 후반이 되어서도 여전히 부모님의 집에서 새해를 맞는 기분은 어떤지 그녀에게 친절히 알려줄 수 있는 처지가 되고 만 것이다.

3부
결혼하기 좋은 남자

4부
너덜너덜 이어붙인 썸 패치워크

5부
행복, 바로 그 직전

6부
달콤? 쌉쓰름? 알 수 없는 초콜릿 상자

1부

Not
Very
Welcome

12월 25일 밤.

부모님께 드릴 용돈이 아닌 빨랫거리를 잔뜩 짊어진 채,

오라는 말씀도 안 하신 고향 집에 왔다.

엄마는 전날 전화로 통화하시며

"이번 크리스마스엔 친구들과 뭐 하고 놀 거니?"라고 물으셨었지.

하지만 유일하게 내가 받은 크리스마스 파티 초대는 동업자 정채가 그녀의 집으로 와서 5살 아들과 함께 뽀로로 케이크를 자르며 토머스 기차 만화를 보자는 것이었는데, (솔직히 잠시 솔깃했지만)그것보단 '차라리 부모님께 효도나 하자.'라는 마음으로 부모님의 집으로 오기로 결정했었다.

밤늦게 현관문을 열어주시던 부모님의 뜨악하고도 측은하다는 표정을 보니 기대만큼 효도하지 못한 것도 같지만.

그렇게 부모님도 모르는 효녀가 되어 보낸 연말 휴가의 마지막 날.

혼자 보신각 타종 방송을 보며 맥주를 마시기 시작한 나는

1만 원의 행복이 다 비워지고 나자

38살이 되어버린 것이 더 억울해졌는데, 지금의 나의 처지란

38살이라는 왠지 신뢰감 돋으며 안정감 있는 나이에 걸맞지 않은 것
같아서이다. 회사를 그만두고 대학 동기인 정채와 같이 시작한 디자
인 상품 사업은 2년째 마이너스이고, 듬직하고 자상한 남편은커녕 새
해 문자를 보내온 살아있는 남자 사람도 없으며, 25일부터 31일까지
의 황금 휴가에 부모님 집에 와서 삼시 세끼를 얻어먹고 있는 모습이
어도 "어휴~ 우리도 다 비슷해~"라며 주위 사람들이 쉽게 공감해 줄
수 있는 나이.

보편적으로 38살은

그런 나이가 아닌 건 확실하다.

38살에 갖게 된
보금자리

대흥동의 낡은 치과 건물 3층에 있는 정채와 나의 사무실.

나는 그 한구석에 암막 커튼을 친 채

한 쪽 등받이를 올린 소파 베드에서 살고 있다.

부모님이 들으시면 충격받으실 것 같아 가족들에겐 대학 친구와 함께

사는 것으로 이야기했는데 엄마가 "아직도 결혼 안 한 친구가 있니?"

라며 궁금해하셔서 나의 거짓말은 계속 부풀려졌었지.

사는 곳이 사무실 한 켠의 소파 베드가 된 결정적인 이유는

바로 전 남자 친구와 관련이 있다.

전 남자 친구인 K와는 1년 조금 넘게 만났는데, 어느 정도 나이가 있

던(부모님이 보시기엔 너무 많은) 우리는 자연스레 결혼까지 생각하는 사

이였다. 그런데 2달 전, 그는 루게릭병이라는 믿을 수 없는 병을 판정

받았다. 함께 살 아파트의 계약금 납부를 위해 부동산에 내놓았던 나

의 전셋집이 다른 이에게 계약이 된 지 불과 며칠 후였다.

남자 친구에 대한 슬픔에 그리고 한겨울 길거리에 내앉게 생긴 막

막함에 어쩔 줄 몰라 한 달을 주로 울기만 했다.

밤마다 온갖 질문들과 원망들로 머릿속이 빙빙 돌고 숨이 막혔다.

도대체 왜 착한 그가 그런 병에 걸린 걸까?

이제 나는 어디서 어떻게 살아야 하지.

무슨 엄청난 잘못을 했다고 우리에게 이런 일이 생기는 걸까?

루게릭병 판정을 받은 한 달 뒤,

그는 눈물을 쏟으며 나를 보내주겠노라 했다.

그가 아픈 것은 너무나 비현실적이어서 차라리

TV의 리얼리티 쇼를 찍는 중이라고

생각하는 편이 더 납득될 지경이었다.

사람들에게 말을 꺼낸다면 정말로 현실이 될 것만 같아

가장 친한 친구에게도 말하지 못했고

잠에서 깨는 것이 두려워

그대로 사라져버리고 싶은 아침이 이어졌다.

살던 집에서 나가야 하는 날이 다가오던 어느 날.

최근 들어 부쩍 부은 눈으로 출근하는 나를 본 정채가

무슨 일이 있냐며 물어보았고

이 믿기지 않는 현실에 대해 털어놓자마자 그녀는

김밥을 먹다 말고 부둥켜안으며 울었다.

한참을 울고 나서 "그래도 살 곳부터 마련해야지."하고

말을 뗀 그녀와 나는 급하게 전셋집을 알아보았지만

형편에 맞는 가격의 전셋집이 없는 데다 월세를 내기에는

다달이 버는 돈이 너무 적어 감당할 수가 없음을 깨달았다.

낙담에 빠져 멍하니 앉아있는 나를 물끄러미 보던 정채는

"너만 괜찮으면 사무실 한쪽에 소파 베드를 놓고 당분간 지내는

것은 어때?"라고 물어보았다.

우리의 사무실은 겨우 10평 남짓한 공간이었지만 가구들을 이리

저리 재배치하니 한쪽 구석에 소파 베드와 자그마한 행거도 하나 놓을 공간이 생기는 것이, 늘 코딱지만 하다고 느꼈던 좁은 사무실이 축구장처럼 커지는 놀라운 순간이었다.

얼마 전까지 착한 남자 친구와 작지만 새로운
보금자리를 갖는 계획을 실천 중이던 나.
그건 퍽 잘 나가는 건 아니지만 적어도 평범했다.
그런데 눈 깜짝할 사이에, 남자 친구는 물론이고 집도 없이
사무실에 얹혀사는 처지가 되어버리다니.
매정하게도 38살의 인생은 가진 것 없는 중년(40살과 앞다투는 또 다른
공포의 단어)이라는 쓸쓸하고 초라한 방향으로 나를 몰아가고 있다.
커다란 갈색의 택배 박스들에 둘러싸여 쪽잠을 자는
38살의 싱글 여자.
이것이 나의 초라하고 다소 우스꽝스럽기까지 한 현재의 모습이다.

살면서 늘 30대 후반이 되면 어느 정도 삶이 안정될 줄 알았다.

(실은 그 나이가 된 나를 상상도 하지 않았었지만.)

뭐 일이든, 사랑이든, 적어도 한 가지 정도는 말이다.

그런데 믿을 수 없게도 지금 안정적인 것은 30대가 넘어간 후

늘 오름세를 보이는 몸무게뿐이다.

음. 다른 관점에서 보니 인생의 하락세가 매우 안정적이긴 하네.

일 층인 줄 알았더니 지하였고, 지하인 줄 알았더니

땅굴로 꺼지고 있는 듯하니까.

20대에는 모든 것이 불확실해서 종종 불행하다고 느껴지곤 했었다.

그런데 30대 중반이 지나고 나니 확실한 불행들이 툭툭 인생 안으로

던져진다.

늙어가고 아파지는 부모님, 코앞에서 깨져버리는 결혼

그리고 이젠 결정되어 되돌리기 힘들 것 같은 경제적 빈곤.

높은 산 하나를 겨우겨우 힘들게 올라간 후엔

조금은 쉬운 내리막길이 보일 줄 알았는데,

인생은 "어랏. 견딜 만한가 봐? 그럼 이건 어때?"라며

급기야 기어가야 할 것 같은 험난한 돌 산을 내어 줄 뿐이다.

그런 30대를 거치고 나면 "인생은 전반적으로 비극이고 가끔 희극이

야."같은 허세 가득한 말을 배꼽에서부터 진심을 담아 내뱉게 되는데,

오늘 점심에도 컵라면을 후후 불어먹으며 '기억력이 나쁜 인간들이

인생의 슬픔을 순간순간 잊어버리고 행복하다고 착각하는 것 아닐

까.'하는 지나치게 멋진 말을 정채에게 하는 지경에 이르렀다.

어렸을 때부터 엄마는 내게 "어느 집이든 들여다보면 다 문제가 있는

거야."라며 남을 부러워하지 말라고 하셨다.

하지만 '나중에 보면 인생은 똔똔'이라는 지혜로운 그 말씀을

아직 난 받아들일 수 없다.

누구에게나 자잘한 문제가 있는 건 사실이지만, 좋은 사람을 만나

전반적으로 평탄한 인생을 사는 사람이 있는 반면에

둘 다 엉망인 사람도 있으니까.

사랑과 일, 둘 다 안 풀리는 사람의 대표주자인 나를

현재 괴롭히는 것은 일보다는 사랑이다.

물론 일도 대체로 삐걱거린다.

10년 다니던 직장을 호기롭게 때려치우고 시작한 디자인 상품 사업은

2년째 월급 50만 원만 가져가고 있고 부족한 생활비는 예전 적금통장

을 깨며 겨우 연명하고 있으니.

야심 차게 준비한 신상품이 잘 팔리지 않을 때마다 정채와 나는 스트레

스와 격려가 뒤섞인 농담을 하고는 한다.

"우리 데스노트 또 늘었네?"

그렇게 써 내려간 데스노트의 목록은 이제 50개쯤 되는 듯하고 올해 는 아마 데스노트에 무언가를 적을 수 있는 마지막 해가 될 것 같다.

이젠 노트에 이름을 적을 연필도 떨어져 가니까.

그래도 타오르기도 전에 꺼질지 모르는 이 위태로운 사업은

우리의 부족함 때문인 것만은 분명하다.

사업해 본 경험도 없는데다 아직 충분한 시간이 지나지 않았으니 성 공이니 실패니 말하기에도 많이 이를 것이다.

하지만 20살 때부터 이어져 왔으니 꽤 긴 시간 동안 축적 된 나의 연 애 데이터는 통계를 내도 될 정도로 충분히 쌓였다.

그리고 그 믿을만한 통계는 이렇게 말하고 있다.

"딱히 잘못한 건 없지만 항상 잘못되어버린다."

그동안 결혼 잘해 편히 산다는 친구 딸들을 부러워하는 동시에

날 걱정하시는 엄마를

"인생은 자신의 걸음으로 자유롭게 설계하는 것."이라는 그럴듯한 말로 안심시켜드렸지만 이제는 불공평한 인생 앞에 아랫배에 힘 빡 주고 당당히 서 있지 못하겠다.

눈이 매우 높아서도 아니고, 바람이 났던 것도 아니며 심지어 성격이 잘 안 맞았던 적도 없는데 이상하게 솔로가 되어버리는 것.

그것이 사랑이란 몹쓸 것이 요즘 나를 괴롭히는 이유이다.

나 이러다 진짜 혼자 외롭게 늙어 죽는 거 아닐까?

죽은 지 삼 주쯤 후에 애완견에게 반쯤 뜯어 먹힌 시체로 발견될 거라는 브리짓의 두려움은 최근 연이은 연애 실패 덕분에 점점 현실이 되어가고 있고 결혼은 사랑하는 사람과 하고 싶다는 거창하지도 않은 나의 바람도 덩달아 판타지로 변해간다.

그리고 지난 몇 년간의 연애의 실패는 억울함을 넘어서

끝내 궁금함을 불러왔다.

난 그동안 열심히 사랑하지 않은 걸까?

좋은 사람을 만나려는 노력과 이해가 부족했었나?

아니면 사랑에 있어서 바람과 노력 그리고 결과란 것은

눈곱만큼의 연관성도 없이 각자 흘러가는 것뿐인가.

2부

소울
메이트

33살의
최대 실수

"33살에 그를 만난 게 너의 최대 실수야."

친구는 살짝 눈살을 찌푸리며 말을 이어간다.

"그때 너 소개팅해 준 H 자동차 다니던 남자, 지금 실리콘밸리에서 완전 잘 나간대."

친구가 말하는 내 인생 최대 실수이자 시간 낭비인 J.

우린 독서 동호회에서 처음 만났다.

그는 낮은 목소리에 조곤조곤한 말투를 지녔는데

누가 말을 꺼내건 재미있게 대답하고

적절한 질문으로 대화를 이어가는 모습이 인상적인 남자다.

꺼내는 이야기의 주제도 다양해, 최근에 연신 보도되고 있는 사회이
슈부터 고막 남친으로 떠오르고 있는 인디밴드의 신곡, 유명 디자이

너와 콜라보해 구하기 힘들다는 스니커즈를 성공적으로 직구하는 방법까지 이르고 그 모든 이야기를 대체로 유머러스하게 풀어냄으로써 사람들(주로 여자들)을 스르르 빠져들게 만든다.

그는 다소 큰 키에 잘생겼다기보다는 소년처럼 해사한 얼굴을 지녔는데, 그 분위기와 대조적으로 엄청난 술 담배 애호가였다.

아무리 마셔도 취하지 않고 늘 술자리의 끝을 챙기는

그의 직업은 초등학교 선생님이었고

그 직업이 어찌나 안 어울리는지 한번은 그에게 물은 적도 있다.

"네가 애들한테 뭘 가르칠 수 있어? 알콜? 담배?"

같이 준비하는 동호회 행사 때문에 둘이 처음 만난 그날부터

우리는 금방 친해졌다.

오전 11시에 남대문시장에서 만나 행사에 쓸 소품과 꽃을 산 후

점심을 간단히 먹었는데,

밥을 먹고 난 후에도 왠지 헤어지기 아쉬웠다.

그리고 그런 나의 기분과 같았는지 그가 한 잔 더 하자는 제안을 해와

우리는 홍대의 공원으로 자리를 옮겨 칠레산 레드와인 한 병과 절임

올리브 한 통을 사 대학생들처럼 야외벤치에 앉아 마시기 시작했다.

우리의 이야기는 끊이지 않았고 나는 많이 웃었다.

그리고 또 많이 웃는 그를 볼 수 있었다.

대단한 이야기도 아닌, 주로 예전 애인에서부터

최근의 망한 소개팅에 이르는 연애담,

좋아하는 뮤지션의 가십이나 요새 즐겨보는 웹툰,

누구나 몇 개씩은 있는 절친들과의 어릴 적 바보 같은 뻘짓들.

잡다한 에피소드에 실없는 농담을 더한 것들이었지만

더없이 즐거웠다.

나는 서로의 유머 코드가 비슷하다는 것을 느꼈고

그는 어느새 "누나나 나 같은 사람들~"

이란 말을 즐겨 쓰고 있었다.

그가 화장실에 간 동안 들여다본 시간은 어느새 밤 11시.

놀랍게도 우린 12시간의 시간을 공유하는 중이었는데

쏜살같이 지나간 그 12시간 덕에

상대성 이론이 무엇인지 몸소 생생히 느낀 순간이었다.

화장실에서 돌아온 그에게 최근 애시드 재즈가 좋아진다고 하자

그는 휴대폰을 꺼냈고

우린 이어폰을 한 짝씩 나누어 낀 채 노래를 들었다.

살랑이는 바람으로 여름밤은 시원했고 와인은 향긋했으며

귀에 담기는 음악들은 심장 같은 비트를 지녔으니

그때 그에게 마음이 간 것은 당연하다.

'노래가 끝나지 않았으면 좋겠어.'라고 나는 생각했다.

그 후 동호회에서 준비했던 행사가 끝나고 다 같이 뒷풀이를 하는 자리.

1차 맥주로 시작된 흥은 2차로 이어져 소주를 마시려고 이동 중이었다.

우연히 같이 택시에 탄 28살 여자가 "언니는 이 모임에 마음에 드는 사람 없어요?"하고 말을 걸며 "저는 J가 너무 괜찮은 것 같아요. 언니 친하시죠?"라고 물어왔다. 순간 쿵 하고 무거운 것에 얻어맞은 듯한 기분이 들었고 서글프게도 이런 생각이 지나갔다.

'그가 맘에 든다고 당당히 말할 수 있는 그녀가 부러워.'

그즈음 나는 수시로 떠오르는 그의 생각을 몰아내기 위해 부단히 노력하는 중이었는데 그를 좋아하지 않으려고 애쓰다 보니

결국 종일 그의 생각을 하는 중이기도 했다.

2차로 옮긴 술집으로 들어서자 나를 본 J가 자기 테이블로 오라며 손을

흔들었고 스스럼없이 환하게 웃는 그 얼굴을 보자 가질 수 없는 것을 대할 때 그렇듯 마음이 조금 저릿해왔다. J가 있는 테이블에 자리를 잡고 몇몇의 사람들과 같이 술을 마시는 도중, 앞자리에 앉은 남자분이 내게 남자 친구가 있는지와 이상형을 물어왔다.

딱히 할 말이 없어 우물거리는 나 대신 옆에 앉아있던 그가 대답했다.

"형, 이 누나는 연하 킬러이에요."

"…야! 무슨 소리야."

어이가 없으면서도 내심 정곡을 찔려 강하게 부인하지 못하는 나.

"하하하. 그런데 이 누나 진짜 매력 있어요. 제 나이가 3살만 많았어도 제가 만나는 건데요."

하아. 왠지 모르게 놀림당하는 이 기분은 뭐지?

술자리는 계속되었고 택시 안에서 J가 마음에 든다던 여자가 그를 자기 쪽으로 불렀다. 잠시 후부터 여자들이 많은 그쪽 테이블엔 하하 호호 웃음이 넘쳐났는데 그는 마치 그녀들의 오랜 친구라도 되는 것처럼 즐겁게 어울리고 있었다.

J는 확실히 매력적인 남자다.

물론 그 매력의 큰 문제점은 모든 여자에게 다 통한다는 것이고.

이상형을 물었던 앞자리의 남자가 관심을 표하며 연신 말을 걸어왔지만 나도 모르게 흘끔흘끔 저 멀리 J에게 눈길이 갔고 그때마다 이상하게 마음이 콕콕 찔리는 듯 괴로웠다.

그 괴로운 마음은 자연스레 쓰디쓴 소주를 불렀고 잠시 후엔 테이블 위에 꼬꾸라져 자는 참담한 결과를 몰고 왔다.

한참을 쿨쿨 자고 있노라니 누군가 어깨를 흔들며 깨우는데,

어디서 실컷 재밌게 놀다 온 알미운 J였다.

그는 '이 누나, 술 약하네~ 얼른 집에 가요.'라며 집이 근처인 나를 바

래다주겠노라 했다. 집으로 가는 길, 속도를 맞추며 걷는 우리의 걸음 사이에 처음 느끼는 어색함이 가득했고 우린 별다른 말없이 나란히 걷기만 했다.

집 앞에 이르러 고맙다는 말과 함께 그를 보내고 난 뒤, 샤워기를 틀고 쏟아지는 뜨거운 물 아래에 한참을 서 있었다.

피로함과 더불어 오늘 저녁 내내 계속된 이유 모를

초라한 마음이 씻겨가길 바라면서.

그런데 샤워를 하고 돌아오자 휴대폰에 그의 문자가 와 있었다.

"잘 자요, 술 약한 누나! 그런데 커피라도 좀 대접해 주지."

응? 커피를 대접해달라니…. 혼자 사는 우리 집에서?

나이가 들수록 쌓여가는 나름의 객관적인 인생 데이터들 때문에 누군
가를 마냥 사랑하기란 점점 어려워진다.

솔직히 인정하자면 나는 처음 봤을 때부터 그가 마음에 들었다.

누군가 "이상형의 남자가 누구예요?"라고 묻는다면

그가 떠오를 정도로.

그를 알게 된 후부터는, 아무 일 없는 아침이나 여느 때와 같은 평범
한 오후에도, 마치 스무 살 때처럼 문득문득 열에 들뜬 행복한 기분이
들기도 했다.

다만 그를 좋아한다는 사실에 당당하기란 쉽지 않았는데, 그 이유는
그보다 6살이 많기 때문이고 또 다른 이유는 6살을 뛰어넘을 만큼 내
가 매력적인 것은 아닌 것 같아서였다.

가만히 있어도 여자들이 먼저 말을 걸어오는

훈훈한 외모를 지닌 그와는 달리

눈에 띄지 않는 평범한 외모를 가진 상대적인 빈곤함

그리고 그와는 대조적으로 차고 넘쳐 재벌급인 나이.

그다지 높지도 않은 연봉을 받는 디자이너이며

지방에서 작은 식당을 하시는 부모님의 막내딸.

대단할 것이 하나 없는 평범한 서민의 표본이 바로 나였다.

하지만 그는 조금 달랐다.

다른 이야기를 하다 알게 된 사실이지만 두 분 다 치과의사인 그의

부모님은 정형외과 의사인 형의 평범한 여자 친구를 반대했고 끝내

그의 형은 몹시 부자인 강남 건물주의 딸과 결혼했다고 한다.

조건을 보고 하는 형의 결혼이 싫었다고 말하는 그의 말보다는

그가 그런 집안 아들이라는 것이 내겐 더 현실적으로 다가왔다.

'그는 나에게 딱 맞는 옷 같아 보이지 않는다.'라는 것을 30살 넘게

살며 평균의 세상 물정을 겪어온 나는 알 수 있었다.

아. 난 왜 우리 집과 비슷한 경제력을 지닌 평범한 교회 오빠나,

나온 배만큼 안정적인 월급을 가져오는 차장님 같은 남자에게 매력을
못 느끼고 이런 갖기 힘든 남자를 좋아하게 된 것일까.

열탕과 냉탕을
오가는 썸이란 것

그날 이후로 그에겐 매일 연락이 왔다.

그렇게 잦은 연락을 주고 받다보니 '혹시 그도 날 좋아하는 것은 아
닐까?'란 생각이 들어 연애의 기대감에 부풀다가도 그 수많은 대화
중에 '누나 결혼하면 내가 축의금 진짜 많이 낼게요' 같은 맥 빠지는
이야기도 있는 탓에 '에휴. 그냥 우정인가보다'라는 포기의 감정으로
오락가락하는, 감정의 열탕과 냉탕을 오가는 날들을 보내고 있었다.

저녁을 먹고 침대에 누워 J가 보낸 문자를 읽고 또 읽으며

그의 글 사이 쉼표의 의미라던가,

ㅋㅋㅋ의 갯수에서 진짜 웃긴 것인지 아니면

이야기를 끝내려는 것인지 등의 속뜻을 알아보는

의미 없는 짓을 하다 깜빡 잠이 들었나 보다.

오랜만에 만난 친구에게 그가 이번 주에 겨우 몇 개의 문자를 보냈는지, 또 그 답장이란 얼마나 느렸는지에 관해 한참을 떠들었는데, 이야기하다보니 점점 더 화가 나게 되어 마침 옆에 있는 돌멩이를 걷어찼고 그 순간 움찔하며 잠에서 깨게 되었다. 그리고 내 발이 들려져있는 신기한 광경을 목격했다.

참나 원… 다가올 듯 다가오지 않는 그에 대한 원망과 분노가 현실에 투영된 한심한 꿈이었다. 겨우 정신을 차리고 시계를 보니 아침 8시.

앗, 회사 지각이네!

깜짝 놀라 후다닥 세수를 하고 나와 창문을 쳐다보았는데 비가 오는 것인지 어두컴컴하다.

아무래도 뭔가 이상해 시간을 확인해보니 저녁 8시.

아. 짝사랑에 넋이 나가 완전히 얼이 빠져버렸나 보다.

여름은 천천히 흘러갔다.

그동안 우리는 한 편의 영화를 같이 보았고, 그의 직장 근처로 굳이 약속을 잡은 후 근처에 온 김에 연락했다며 그와 커피를 마시기도 했다.

어느 새벽 그는 잠이 안 와 한강에 산책을 나왔다며

회색빛 한강 사진과 짧은 시를 보내왔고

그의 문자 소리라면 잠을 자다가도 순식간에 정신이 또렷해지는 나는

바로 페퍼톤스의 〈공원 산책〉을 들려주었다.

한 번은 동호회의 다른 사람들과, 몇 번은 둘이서만 술을 마셨는데

뭐가 그렇게도 할 말이 많았는지 술을 마시다 아침 7시가 되어

만취한 채로 출근하기도 했다.

어떤 친구에게 물어보면 그가 날 좋아하는 것이 확실하다고 했고

또 다른 친구는 심하게 간 보는 남자라며 집어치우라고 했다.

그가 날 좋아하는 것인지, 단순한 우정인 것인지 늘 헷갈렸고

그에 대한 마음을 계속 키워도 되는지,

아니면 접어야 하는지도 늘 확신이 없었다.

그렇게 좀 만족스럽지 못한 여느 때와 똑같은 금요일 밤이었다.

음악이 잠시
멈춘 사이,

나의 회사 근처에 외근을 나왔다는 그와 급만남이 성사되어 근처 바에 들어가 맥주 두 병을 시키고 나란히 앉았다.

바의 사장님이 새로 산 오디오를 자랑이라도 하려는 건지, 최고치의 볼륨으로 올린 음악 소리가 서로의 목소리 사이에도 넘쳐흐르는 시끄러운 곳이었다. 이미 어디서 술을 좀 마시고 온 그는 왠지 심란해 보였는데 평소와 다르게 농담도 별로 하지 않았다.

맥주 한 병을 빠르게 비운 그가 불쑥 누나는 참 현명하고 재미있고 코드가 맞는 사람이라며 뜬금없이 이상형을 물어왔다.

"나? 글쎄… 난 뇌가 말랑말랑한 사람이 좋아. 좀 재밌고…."

"그게 다예요? 외모는?"

"외모… 뭐 잘생기고 키 크면 좋지."

"직업은?"

"직업은 상관없지만 똑똑한 사람이 좋지."

"뭐야! 누나 눈 엄청 높은데?"

"아니 그건 그냥 이상형이 그렇다는 거지~ 그리고 그럼 넌 뭐! 예쁘고 똑똑한 여자가 좋지 못생기고 맹한 여자가 좋니?"

"에이, 누나 결혼 못 하겠네! … 근데 누나는 좋은 남자 만날거야. 나도 누나 좋아하니까."

"응?"

좋아한다면서 좋은 남자를 만날 거라고? 이 말은 뭐지? 라는

생각이 스치는 찰나에

좁은 바를 가득 채우던 시끄러운 음악이 잠시 조용해졌다.

동시에 건너편 테이블에서 음악에 질세라 내내 소리 지르던 여자 둘이 테이블 위로 푹 너부러졌다.

그 장면을 함께 보고 있던, 음악이 잠시 멈춰진 그 순간에,

J가 나지막이 물었다.

"누난 지금 무슨 생각 해요?"

"…별생각 안 하고 있는데."

그가 몸을 돌려 나를 쳐다보았다.

"난 좋은 음악이 나왔으면 좋겠다고 생각해요. 그리고 그때

누나랑 키스했으면 좋겠어."

그가 아주 천천히 다가오는 것이 보였다.

하얀 그의 얼굴이 더는 보이지 않을 때까지 가까워지자, 난 눈을 감아버

렸다. 아주 부드럽고 뜨겁고 짧은 순간이 거기에 있었다.

예상치 못한 키스에 실은 매우 놀랐고 심장도 미친 듯이 뛰었지만

나는 마치 입술에 닿은 것이

흔해 빠진 카스 맥주 잔이라도 되는 듯 대수롭지 않게 행동했다.

테이블 위에 놓인 맥주를 한 모금 마시고는 계속 음악을 듣는 척하면서.

그 키스가 무슨 의미냐고도 물어보지 못했다.

그 이유는 그 말을 듣는 순간 이미 머릿속에서 '펑'하고 퓨즈가 나갔기

때문인데 퓨즈가 나간 것은, 아마 그가 뱉은 말이 너무나 예상 밖이기도

했고 또한…. 오랫동안 듣고 싶어 했던 말이었기 때문일 것이다.

음악이 멈춰진 사이에 던져진 그 몇 개의 단어들은 순간의 분위기와 완벽하게 맞물려 내 심장을 덜컥 흔들어놓았다.

진짜 이 애. 알던 것보다 훨씬 더! 너무너무 고수가 아닐까?

다음 날.

평소의 그답지 않았던 충동적이며 직설적인 행동과 말, 나를 뚫어지게 바라보던 눈빛들이 하루 종일 생각났다.

회사 책상에 앉아 이메일을 읽으면서도, 중요한 업무 회의를 하면서도, 심지어 좌변기에 앉아서 볼일을 보면서도.

전날 밤의 모든 것을 떠올리며, 순간순간을 곱씹으며, 멍해지는 나였다.

망했다. 난 그를 사랑하고 싶지 않은데.

그런데 그것이 곧 사랑하게 될 거라는 의미인 것 같아 두려워진다.

그는 "잘 자요, 연락할게."라고 말하며 돌아갔는데 이후로 연락이 없다.

하루가 지났다.

여전히 연락이 없다.

좀 모자란 사람처럼 휴대폰이 고장 난 건 아닌지 나에게 전화를 걸어본다.

이내 우렁차게 잘 울리는 휴대폰을 들었다 놓았다 다시 들어 쾌활한 어조로 문자를 보내본다.

"J야. 할로! 밥 먹었어?"

대답이 없다. 뭐지, 나 까인 건가.

그는 그냥 취해서 한 의미 없는 행동일뿐인데 혼자 착각하고 있는 걸까?

한참을 고민하다 용기를 내어 전화를 걸었는데 받지 않는다.

이럴 애가 아닌데… 혹시 무슨 사고라도 난 건 아닐까?

아오. 무슨 사고? 손가락 부러지는 사고?

진짜 문자 또 보내면 콱 혀 깨물어버린다. 잠이나 자자!

그놈은 그냥 장난이었다는 분노와 그럼에도 그날 느꼈던 설렘임 사이를 극단적으로 오가며 얼빠진 상태로 이틀이 지났다.

퇴근한 후 터덜터덜 걸어오다 마주친 집 앞의 J.

그는 그날 일에 대해 생각할 시간이 좀 필요했었다고 한다.

반가움과 원망이 뒤섞인 복잡한 심경의 나는 별 대답 없이 눈으로 째려보며 입으론 애매하게 웃고 있을 수밖에 없었다.

그는 뒤로 들고 있던 보라색 꽃 두 송이를 불쑥 내밀었다.

"나 꽃 처음 사 봐요."

"그래? 영광이네. 고마워." 나는 뾰로통하게 대답했다.

"그 꽃, 꽃말이 영원한 사랑이래."

뭐라고 해야 할지 몰라 그 꽃을 빤히 쳐다보고 있는데 그가 말을 이어갔다.

"누나. 난 예전부터 누나 좋아했어요. 계속 말 못 하고 있었던 건 나이 때문에… 6살 차이라는 게 크고. 또 누나는 결혼도 해야 할 나이이고… 그 모든 게 복잡해서 쉽사리 말을 못 했어요."

'그도 날 좋아했구나.' 왠지 모를 울컥함이 생겨 계속 보라색 꽃만 뚫어지라 보고 있는 나의 머리 위로 이 말이 들렸다.

"누나… 나랑 연애할래요?"

앗. 잠시 돌아왔었던 머리의 퓨즈가 다시 나간 것 같네.

꽃 한번, 땅바닥 한번, 그의 얼굴 한 번 쳐다보는 한참의 시간이 흘렀다.

가까스로 '생각해 볼게.'라고 대답하자 그는 시무룩한 표정을 지으며

"일단 예스라고 해. 그리고 아닌 것 같으면 반품해요."

그렇게 말하며 돌아갔다.

마음이 가는 사람을
사랑하기

실은 지난 3일 내내 고민하면서 머릿속에 써 내려간 대사대로라면
'지금처럼 그냥 친구로 지내자.'라고 해야 했다.

나는 내내 불안함을 느꼈다.

사랑을 시작할 때 강렬한 매혹이 느껴진다는 것은 동시에 어떤 치명적
인 불길함을 지녔다는 뜻이니까.

예전에 만났던 잘생기고 대화도 잘 통하고 심지어 잡지에 나올 정도로
패션 감각도 뛰어났던 멋진 애인은 '내가 만난 여자들 번호'란 제목의 전
화번호부를 한 권 써도 될 만큼 바람을 피우며 나를 괴롭히다 헤어졌다.

그 멋진 남자를 만나는 동안 친구들은 그의 매력을 인정하면서도
'남자는 얼굴값 하는 거야.'라며 현실성이 떨어지는 연애를 그만두라고
조언했었다. 그때 받은 상처 때문인지 누가 보아도 호감가는 타입의 남
자는 '애당초 시작도 하지 말아야지.'하며 현명한 건지 바보 같은 건지

멀리하게 된다.

그날 밤은 거의 잠을 자지 못했다.

딱히 당장 결혼할 생각이 없었음에도

마음 한 곳의 경고가 예민하게 울려댔다.

'나는 벌써 33살인데 그를 만나도 되는 걸까?

지금은 그저 좋아서 만난다쳐도 나중에 그와 결혼은 할 수 있을까?

쉽지 않게 뻔히 보이는데 결국 헤어지고 나면 나만 세월을 날리는 것이겠지.' 하지만 이성적이고 현실적인 마음의 경고 저 멀리, 막역히 눈멀어버린 다른 목소리도 있었다. '그와 사랑한다면 정말 좋을 것 같아.

헤어지게 된다고 해도 슬픔 때문에 죽진 않을 거고.

아무것도 하지 않은 채 미련을 갖고 사는 것보단

더 행복하고 더 아파하는 것.

어쩜 그건 사랑을 성공적으로 하는 방식은 아닐지 몰라도

적어도 인생을 오롯이

나의 것으로 살아내는 거겠지.

사랑하는 하루하루의 기쁨을, 나도 모르게 피어버리는 웃음을,

모른 척해서는 안 되는 것 아닐까.'

끊임없이 밀려왔다 사라지는 생각과 감정에 밤새워 뒤척이다

아침에 일어나보니

비가 조용히 내리고 있었고 창가에는 어제 받은 보라색 꽃 두 송이가

미처 꽃병에 꽂히지도 못한 채 놓여 있었다.

한참 동안 창가에 서서 비 내리는 회색의 거리를 내려다보던 나는

습기로 뽀얘진 유리 창문에 꽃 두 송이를

가지런히 놓은 후 이렇게 적었다.

"YES."

연애 세포가
깨어나다

J와 함께 한 나날은 하나하나 박제를 해서 모아 두고 연애 세포가 죽을 때마다 들여다보고 싶다.

친구에서 연인으로 첫 데이트를 하기로 한 날.

우리는 광화문에서 만나 커피를 마시기로 했다.

첫 데이트를 기념해 설렘이란 콘셉트로 옷을 맞춰 입고 오기로 했는데 그는 그레이컬러의 살짝 붙는 슈트에 화이트컬러 행커칩을 꽂은 차림이었다.

"어디가 설렘이야?"

"이 하얀 행커칩. 우울한 잿빛 인생에 온 하얀 설렘?"

아… 이런 닭살 돋는 멘트에 화를 내려고 나의 연애 세포들이 긴 잠에서 깨어난 것일 수도.

예정에 없던 비가 와서 무엇을 할까 고민하다

우리는 근처 미술관을 가보기로 했다.

그와 나의 닮은 점은 정해진 스케줄에 별로 구애를 받지 않는다는 것인데, 처음 보는 골목을 어슬렁거리며 걸어 다니는 것도 좋아하고 관심 가는 곳이 있으면 원래 계획이 있어도 별 고민 없이 바꾸곤 했다.

비 오는 날의 유명하지 않은 미술관은 텅 빈 것 같았지만,

운 좋게도 〈connection〉이란 주제의 작은 전시가 설치되어 있었다.

피인지 와인인지 보라색 물감인지 모를 섬뜩한 액체를 담은 실린더가 잔뜩 걸린 1층을 지나 2층으로 올라가자 길고 하얀 벽이 보였다.

그 하얀 벽엔 "sing, sing, sing!"이라고 쓰여 있었고 마이크가 한 개 달려있었는데 잠시 서서 그 설치물을 쳐다보던 J는 우물쭈물하며 마이크를 슬며시 집어 들었다. 설마. 노래하려고?

너무나 안 어울리는 그의 행동에

기대 반 창피함 반으로 웃음이 배어 나왔다.

그는 "음음. 누나. 내 마음이에요."라고 말하며 노래를 부르기 시작했

는데 내가 좋아하는 〈6월의 꿈〉이란 곡이었다.

마침 그날은 6월이 시작되는 날이었기에 그 노래 가사는

더욱 사랑스럽게,

그리고 진심으로 다가왔다.

사실은… 좀 솔직해지자면, 사람들 앞에서 노래 부르는 나의 남자를 지켜

본다는 것은 로코 영화에 나오는 것처럼 마냥 달콤한 것은 아니었다.

조금 민망하고 간지러운 감동이 온몸을 휘감는, 설명하기 힘든 기분이

었는데 고음으로 올라가는 부분에선 이제 그만 말려야 할지 심각한 고

민도 했다.

노래가 끝나자 주위에 있던 어떤 커플이 박수를 쳐주셨는데, 참… 심성

이 고우신 분들이다.

회사 일로 2주 동안 해외출장을 갔다 돌아온 날.

나를 만나러 공항으로 마중나온 그의 손에 웬 종이가 잔뜩

들려있었는데 그것은 우리집 앞으로 날아 온 세금 고지서들이었다.

웬걸! 지난 2주동안 그는 한 번씩 우리 집으로 찾아와서 우편물을 챙겨

놓았다고 한다. '고지서가 쌓여 있으면 빈 집 같아 보이잖아. 혼자 사는

데'라고 말하는 J.

그가 너무 사랑스러워 꾹 안아버렸다.

우린 1년째 잘 만나고 있다.

나와 모든 것이 비슷한 사람. 그가 너무나 좋다.

'소울메이트라는 것이 있다면 우리가 아닐까.'라고 서로에게 말할 만큼 우린 참 많은 부분이 닮았다.

남자치고 감성적인 그와 여자치고 이성적인 나는 비슷한 취향을 지녔는데, 특히 영화, 책, 음악이라면 장르를 가리지 않고 좋아하는 우리의 데이트는 존 카니의 음악 영화에서 스타워즈 시리즈로, 알랭 드 보통의 에세이에서 조지오웰의 소설로, 정준일의 달달함에서 다프트 펑크의 흥으로 이어졌고 샷 추가한 아이스아메리카노를 마시는 오전에 만나 지글지글 곱창에 꿀 맛이나는 새벽의 소맥으로 끝나곤 했다.

이렇게 문화적인 잡다함을 좋아하는 것이 우리의 공통된 취향이었고 그 관심사들의 이해가 꽤나 얄팍하다는 것 또한 우습게도 비슷했다! 그와 나는 가끔 똑같은 말이나 농담을 동시에 하곤 했는데 이렇게 똑같은 생각을 하는 사람이 있다니하며 신기해 한 적도 많다.

초짜 선생님인 그와 7년차 과장인 나였지만 6살의 나이 차이를 느끼는 때는 서로의 친구들을 만나는 자리에서 대학교 학번이나 그 시대를 대표

했던 가수, 영화, 게임 등이 거론 될 때뿐인데 그럴 땐 연신 고개를 끄덕이며 다 안다는 듯 넘어가면 그만이었다.

기억나는 데이트 중 하나는 늘 남자 친구와 하고 싶은 버킷리스트였지만 한 번도 해보지 못한 록 페스티벌에 간 것이다.

내가 20대 때는 그런 록 페스티벌이 많지 않았었고 그 후엔 일에 치여 갈 생각을 못 하거나 남자 친구가 음악을 좋아하지 않는 등의 이유로 기회가 없었으니까.

그런데 J가 록 페스티벌에 가자고 한다. 하하하!

당일치기로 새벽까지 놀다 다음 날 아침에 버스를 타고 돌아올 예정이다. 과연 밤을 새울 수 있을까 하는 우려가 없지 않았지만 일단 가보기로 하자. 옷이라도 꿀리지 않게 젊게 입는 거야!

한쪽 어깨가 훅 파인 회색 저지 드레스와 검정 레인부츠를 신고 징이 마구 박힌 반지며 초크며 팔찌를 주렁주렁 차고 그를 만났는데, 그 역시 회색 티셔츠에 블랙 진. 징 박힌 벨트를 하고 와 우린 커플룩을(이것이 운명이 아니면 뭘까!) 이루게 되었다. 약간의 위스키를 가방에 몰래 숨기고 입장하니 벌써 사람이 바글바글했다.

여기저기 돗자리를 펴고 누워있는 사람들로 야외공연장 일대는 찜질방을 방불케 했는데 너무 더운 날씨라 우리 역시 날이 어두워질 때까지 쉬면서 쉬엄쉬엄 공연을 보기로 했다. 멀리 있는 나무의 끝자리 그늘에 자리를 잡고 가져온 위스키에 얼음을 섞어 마시며 해가 지길 기다렸다.

가만히 있어도 숨이 막혀오는 살인적인 더위라 앉아있는 것조차 벅찼지만 그래도 멀리서 들려오는 밴드들의 라이브 음악과 차가운 술로 기분이 꽤 즐거워졌다. 해가 어스름히 저물자 드디어 페스티벌의 헤드라이너인 라디오헤드가 나왔다. 내내 누워서 술만 마셔대던 우리도 소리를 지르며 무대 앞쪽으로 뛰어나갔다. 이제야 고백하자면, 멋 부리며 신고 온 레인부츠는 안에 땀이 가득 차 강수량 측정을 해야 할 만큼 질퍽거리는 데다 더위를 먹었는지 진이 쏙 빠져, 신나게 헤드뱅잉을 하기보단 집에 가서 에어컨이나 틀고 누워 있고 싶은 마음이 간절했다.

하지만 좋아하는 밴드를 같이 본다는 기대에 부푼 그를 위해 필사적으로 정신 줄을 잡고 공연을 보았고 공연이 끝난 후에 머리 위에서 터지던 소박한 불꽃놀이의 낭만도 꽤 즐거웠다.

우리는 다음 날 아침 6시쯤 대중교통을 이용해 돌아가야 했기에 공연이 끝난 후, 다시 돗자리를 폈다.

정말이지 밤까지 살인적인 더위가 이어지는데 아예 웃통을 벗고 다니는 남자들도 꽤 있었다. 나 역시 내내 질퍽댔던 레인부츠 때문에 미칠 지경이어서 결국 부츠를 벗기로 했다. 가뜩이나 꽉 죄었던 고무 소재 부츠인데다 땀이 가득 배 혼자의 힘으론 도저히 벗겨지지 않아 J가 두 손으로 잡고 줄다리기하듯 한참을 잡아당기고 나서야 겨우 벗겨졌다.

끙. 살 것 같긴 한데 너무 창피하다.

한참을 누워있다 화장실에 가기 위해 부츠를 다시 신으려 하니,

어쩌지. 그새 부은 다리가 들어가지 않네.

이래서 레인부츠는 새 다리를 가진 여자들이 신는 건가 보다.

J는 코끼리만 해진 나의 종아리를 비웃는 대신 퉁퉁 부은 두 발에 자기

양말을 신겨주더니 어디서 검정 비닐봉지 2개를 가져와서는 내 발에 묶어 비닐 신발을 만들어 주었다.

그리고는 어부바 셔틀로 화장실에 데려다주었다.

그의 등 위에 업히니 좋아서 콧노래가 슬슬 나오고

입꼬리가 자꾸 올라갔다.

아! 착하고 사려 깊고 양말 벗겨진 발가락까지 고운. 아무튼 완벽한 J!

락 페스티발의 밤이 깊어가는 동안, 우리는 나란히 돗자리에 누운 채 아침을 기다렸다.

아니 어쩌면 나는 내내 아침이 오지 않기를 기다렸는지도 모르겠다.

하늘은 차차 검은색에서 푸른색으로 변해가고 있었는데 그새벽의 푸른 공기를 들이마시자 강렬한 행복이 느껴졌고 동시에 슬픈 기분도 들었다. 슬며시 그를 돌아보니 그는 어느새 잠을 자고 있었다.

피곤한 듯 약간 찡그린 채 자고 있는 맑은 얼굴을 바라보고 있자니 이상하게도 이런 생각이 들었다.

'지금은 더없이 행복한 순간이야. 오늘 하루 내내 그랬듯이.

하지만 몇 시간 후면 아침은 올 테고 이 시간도 끝이 나겠지.

…그러다가 언젠가는 우리가 함께 할 수 없는 날도 찾아오겠지.

만약 그런 날이 온다면, 나는 익숙한 이 얼굴 없이 잘 살아갈 수 있을까.'

너무 좋아하는 탓에, 막연한 불안함을 느끼는 나.

그와 함께 한 완벽했던 하루가 흘러가고 있었다.

아침은 물론 찾아왔고 우리는 공연장에서 마을버스를 타고 이천터미널까지 갔다가, 거기서 서울까지 가는 고속버스를 타야 했다.

아침 6시가 되어 첫 버스가 다닐 시간이 되자 사람들은 일제히 공연장을 나서기 시작했는데 공연장에서 마을버스를 타러 가는 길은 마치 세기말적인 좀비 영화를 연상케 했다. 해골 티셔츠에 무거운 체인을 주렁주렁 걸치고 검고 붉은 스모키 화장을 하거나 또는 너덜너덜해진 청바지에 퀭한 눈으로 컵라면을 먹으면서 걷는 젊은이들로 시골길은 꽉 찼고 모두

한 방향으로 일제히 걷다 서기를 반복했다.

그렇게 마을버스 정류장에 당도하니 이미 백 명도 넘어 보이는 청년들이 앉아 있었는데 그 앳된 얼굴들을 보니 흡사 내가 이들을 인솔해 온 선생님으로 보이는 것도 같았다. 평상시와 다름없이 아침을 드시고 편안한 마음으로 나왔을 마을버스 기사님은 이 광경을 보시고 큰 충격을 받았는지 눈이 휘둥그레지셨다.

젊은이들을 싣고 또 실은 버스가 언덕길을 오를 때는 힘이 어찌나 달리던지 마치 뒤로 갈 것만 같은 기분에 우리는 괜히 몸을 앞으로 쭉 빼어 버스에 힘을 실어주기도 했다. 이천 버스터미널에서도 갑자기 들이닥친 펑크족들 때문에 사람들은 무슨 일이냐며 난리가 났다.

"남아있는 서울행 버스표는 두 시간 뒤에요."라는 티켓 부스 직원의 말을 듣자, 남의 눈이고 뭐고 터미널 땅바닥에 돗자리를 펴고 눕고 싶은 맘이 가득했지만 우리는 간신히 실낱같은 체면을 붙들어 맨 채 엉덩이 2개 붙일 사이즈로 돗자리를 접어 앉고 버스를 기다렸다.

아. 난 이렇게 24시간 잠 안 자고 노는 젊은이 코스를 밟기엔 이제 너무 늙

은 것 같다. 총 7시간의 대장정 끝에 겨우 집에 오자 그가 탈진한 목소리로 내게 말했다.

"진짜 서로 사랑하는지 확인하려면 이거 갔다 오면 되겠다.

지산 고행길."

그가
좋은 이유

아무리 아름다운 풍경도 사진으로 담으려고 하면 오롯이 살릴 수 없는 것처럼 J가 왜 그렇게 좋은지 친구에게 설명할 수가 없다.

그가 좋은 이유를 굳이 찾으려 들자면,

'아마 우린 코드가 맞아서이고 그의 유머 감각이 뛰어나서이고 허우대도 멀쩡해 보고 있으면 뿌듯해서.'등등이라고 할 수 있겠지만, 이내 구구절절해지다 점차 사실과 멀어진다.

그건 마치 바닷가의 해가 지는 순간을 사진으로 담으려 할 때, 타는 듯 붉게 변하고 있는 하늘을 살리려고 하면 바다가 금세 어두워지고, 바다의 미세하게 반짝이는 투명한 아름다움을 살리려고 하면 하늘이 하얘지고 마는 것과 같다.

그 순간은 담을 수도 설명할 수도 없다.

내가 할 수 있는 가장 솔직한 일이란,

그 순간이 마냥 아름답고 마음에 든다고 말하는 것이다.

설명할 수 없이 내 마음에 쏙 드는 아름다움을 그에게서 보았다.

주말에 고향 집에 다녀왔다.

부모님의 안색이 별로 좋지 않으셔서 이유를 여쭈어보니 몇 개월 전부터 엄마의 오른쪽 다리에 있던 작은 혹의 통증이 심해져 근처의 정형외과에 갔다고 하셨다. 그런데 병원에서는 종양이 악성일 수도 있다며 서울의 대학병원으로 가보라고 했단다.

덤덤하게 말씀하시지만 떨리는 엄마의 눈을 보니 혹시라도 암일까 싶어서 덜컥 무서워졌다. 원래 관절도 약하고 다리도 안 좋으신데 나이 들어서까지 식당 일을 계속하셔서 그러신 걸까. 일을 그만하시라고 하기엔 난 부모님의 생활비를 책임질 능력이 아직 없다.

마음이 너무 아프다.

제발 엄마에게 아무 일 없기를.

하지만 엄마는 얼마 지나지 않아 서울의 대학병원에 입원하셨다.

발생한 이유만큼 이름도 낯선 오른쪽 다리의 육종암,

오른쪽 가슴의 폐암, 그리고 갑상선암까지

총 3개의 반갑지 않은 암들이 발견된 채.

발목에 생긴 육종암은 먼저 정형외과에서 발목의 피부 10센티가량을

잘라 제거해야 하고 이어서 성형외과에서 제거된 부위에 피부 이식 수

술을 한다고 한다.

1달가량 입원 한 후에 폐 병동으로 옮겨 한쪽 폐의 절반을 절개해 폐

암을 제거하고 일주일 정도 입원 후 퇴원을 하는 스케줄로 빠르면 총 2

달가량 소요된다고 했다.

암이 하나면 얼마나 좋을까 하는 슬프다 못해 황당한 현실 앞에서

우리 가족은 그 병이 아주 작은 것인 것 마냥 엄마를 위로하려고 노력

했다. "요새 암은 다 고칠 수 있어서 더 이상 죽는 병도 아니래요."라고

쥐어짤 수 있는 가장 긍정적인 이야기를 절망에 빠진 엄마에게 하면서.

아빠도 너무 충격을 받으셨는지 갑자기 70살 할아버지가 되셨는데

자꾸 기억을 못 하셔서 치매일까 걱정스러워진다.

고향 집에 있는 동안 J에게서 연락이 왔다.

그는 이제 곧 여름방학이라 1달 동안 유럽 여행을 떠날 예정이었고

1주일의 여름 휴가 동안에 나도 합류할 계획이었지만

그것이 계획에서 끝나게 될 것이란 예감이 든다.

최첨단 초록색 바가지와
거머리 요법

얼마 후에 엄마는 서울의 대학병원으로 오시게 되었다.

유일하게 서울에 사는 내가 2달의 휴직을 내고 엄마의 병간호를 하기로 했다. 두려움 속에 첫 번째 육종암 수술을 끝내고 성형외과에서 두 번째 피부 이식수술도 끝낸 엄마는 거의 한 달가량을 한쪽 다리를 올린 채 병상에 누워만 계셨다.

간호사는 변비에 걸리면 큰일이라며 약을 처방해 주고 화장실에 가고 싶으면 바로 알리라 했다. 이 일은 나에게 가장 중요한 미션이 되었기에 3일이 지난 후 엄마에게 소식이 오자 한걸음에 달려가 간호사를 불렀다. 간호사는 환자의 침대를 샤워실로 옮기라고 하고는 초록색 바가지 하나를 주며 이렇게 말했다

"자, 그러면 여기에 대변을 보시고 앞에 화장실에 버리시면 됩니다."

"네????"

나와 엄마는 둘 다 말문이 막혔다.

우리가 기대한 것은 대변을 보고 처리할 수 있는 무언가 최첨단 장치가 달린 침대 같은 것이지 초록색 바가지는 아니었기 때문이다.

하지만 이게 뭐냐고.

지금은 21세기이고 대한민국에서 제일 크다는 대학병원에서 바가지가 웬 말이냐고. 간호사에게 따질 수는 없는 일이라 묵묵히 최선을 다할 수밖에 없었다.

샤워실에서 나와 병실로 침대를 옮긴 후에도 엄마는 한동안 말을 못하셨는데 결혼도 안 해 아기 기저귀도 안 갈아본 막내딸에게 그 일을 시킨 것이 미안하셨던 것 같다. 하지만 그런 것쯤은 그다음에 해야 할 일에 비하면 아무것도 아닌 것이 이내 드러났다.

새로 이식한 피부는 혈관이 잘 연결되지 않아 금세 막히게 되는데, 이를 막기 위해 혈관을 계속 뚫어주어야 한다. 그 방법이 거머리 요법이란 것인데, 주치의가 2~3센티 정도 되는 거머리 서너 마리를 이식한 피부 위에 놓아주면 거머리들은 피를 빨다 배가 부르면 떨어져 나간다.

그 후, 피 빨아먹던 자리에서 피가 계속 흘러나오게 되고 그 덕에 이식한 피부의 혈관이 막히지 않게 되는 치료법이다. 꿈틀거리는 커다란 거머리들도 징그러웠지만 더 큰 문제는 흐르는 피 위에 올려놓은 거즈를 5분에 한 번씩 새것으로 갈아야 한다는 것이다.

조금이라도 지체되면 구멍이 막히고 피부 색깔이 검게 변하기 시작한다. 매일같이 5분 이상 자리를 뜨지 않고 엄마 다리 밑에 꼬박 앉아 거즈를 교체하고 거머리가 떨어지면 핀셋으로 주워서 휴지통에 버리는 막대한 임무가 주어졌는데 어떤 날은 거의 30시간 넘게 깨어있기도 했다.

엄마가 병원에 계시는 동안, 곧 유럽으로 여행을 떠날 예정인 J는 문병을 오겠다고 했다. 하지만 왠지 나는 그를 엄마에게 소개하고 싶지가 않았다.
그 마음이 정확히 어떤 것이었는지 지금 생각해보니
엄마에게 헛된 기쁨을 드리기 싫었던가 보다.
'지금 만나고 있지만 결혼은 불확실해요.'

라는 말을 34살의 딸을 가진 아픈 엄마가 이해하시기는 힘든 거니까.

병원 근처에 온 그와 밥을 먹으며 얼마 안 남은 그의 여행에 관해 이야기했다. 그는 친한 고등학교 친구 2명과 같이 여행을 간다. 원래대로라면 마지막 1주일은 나와 함께 할 예정이었지만, 둘 다 그 이야기는 꺼내지 않았다.

여행 선물로 무엇을 사 올지 묻는 그에게 프라하의 우체국 도장이 꽝 찍힌 엽서를 보내 달라고 했고 그는 그런 저렴하면서도 복잡한 선물은 처음이지만 찾아보겠다며 웃었다. 두어 시간을 즐겁게 보낸 후 그는 돌아갔다.

자꾸만 돌아서며 하얀 손을 흔들던 지하철의 계단.

누군가 사라진 지하철의 빈 계단을 그렇게 오랫동안 바라보고 있었던 적은 처음이었다. 병실로 돌아오니 "더 놀다 오지 그랬어."라며 파리해진 얼굴의 엄마가 미소지었다. 병실의 보호자 의자에 다시 앉아 뚱뚱해진 거머리를 집게로 집어내는데 왠지 눈물이 핑 돌았다.

'엄마 아빠는 이렇게 아픈 노인이 되어 가시는데 단지 즐겁다는 이유로 남자를 만나는 게 맞는 걸까.'

왠지 철도 없고 책임감도 없는 어른인 것 같은 느낌이 들었다.

슬플 때 우는 것은
제일 쉬운 일

2인실 병실을 썼을 때 엄마 옆의 유방암 환자는 나보다 2살이 많을 뿐인 아기 엄마였다. 6인실 병동엔 모든 사람이 다 암이거나 그와 비슷한 중증 환자다. 우리는 대부분 창가를 내다보거나 TV를 보거나 서로의 얼굴을 바라보며 앉아있는데 멍하니 처다보는 것 말고는 딱히 할 것이 없기 때문이다.

시간은 참 느리게도 지나갔고 그 늘어지는 시간을 조금이라도 덜 지루하게 보내기 위해 엄마에게 쉴 새 없이 말을 걸었다.

"점심 때 밑에서 설렁탕 사다 먹을까요?"

"저 드라마 저 여자. 진짜 나쁜 년이다. 그렇죠?"

어떻게 하면 엄마를 웃게 할까만을 생각하는 이런 날들을 보내며

그리고 이런 날들이 한두 달이 아니라 몇 개월, 몇 년 동안 이어지는

사람들 틈에서 인생의 단순한 것들이 얼마나 갖기 어려운 것인지 생각

해보게 되었다.

내 두 다리로 화장실을 가는 것.

링거를 꽂지 않은 흉터 없는 팔목을 갖는 것.

새벽 내내 들려오는 다른 이의 신음을 듣지 않고 단잠을 잘 수 있는 것.

병실의 보호자 의자에서 두 달을 살아보니 슬플 때 우는 것은 제일 쉬운 일이었다. 엄마가 죽을지도 모른다는 공포감에 눈물이 흘러도, 떨어지는 눈물이란 그저 손등으로 쓱 흩어낸 채 소변 통을 갈고 식사를 준비하고 의료 실비를 위해 원무과를 오가야 했으니까.

여행 중인 J에게선 하루나 이틀에 한 번씩 문자가 왔다.

여행 잘하고 있냐며 사진을 보내 달라는 나에게

그는 풍경 사진 대신 카페에서 크루아상을 먹는 사진이나 숙소에서 컵라면을 먹는 사진 등을 보내주면서 파리는 비싸서 빵 나부랭이를 먹고있으며 프라하는 지루하다는 말도 안 되는 이야기들을 했다.

엄마의 안부를 물으며 함께 하지 못해 미안하다는 그.

그는 여행의 즐거움을 오롯이 내게 다 말하지 못할 것이다.

내가 병원 생활의 힘듦을 다 이야기하지 않는 것처럼.

그와 나 사이에 서울과 파리를 가르는 바다보다도 깊고 낯선 감정이 흐리기 시작했다. 그리고 소심하지만 이런 생각들이 자주 들었다.

어쩌면 나는 며칠째 빨지 않은 트레이닝복에 삼색 슬리퍼를 끌고 있는 차림이어도 얼른 문병 오라고 편하게 말할 수 있는 사람을 만나야 하는 것 아닐까.

병실의 보호자 간이의자에 걸터앉아 반찬을 쭉 늘어놓고 먹는 이 초라한 식사에 어울리는 그런 남자를 만나야 하는 것 아닐까.

나의 현실은 이러한데,

이상형이니 소울메이트니 하는 것이 가당키나 한 걸까.

어긋나는
타이밍

엄마는 무사히 수술을 끝내시고 퇴원하셨다.

비록 갈비뼈 한 개와 폐 반쪽을 잃어버리고 3개월 동안 사용 할 휠체어에 앉은 눈물나는 모습이었지만 우리가족은 모두 감사함을 느꼈다.

나 역시 회사를 다니고 친구들을 만나고 J와 데이트하는 일상으로 돌아왔다. 하지만 그 일상을 대하는 마음이 그 전과 조금 달라진 것이, 병원에서의 힘든 시간을 겪고보니 갑자기 현실주의자가 되어 그와의 미래를 진지하게 생각하게 된 것이다. 친구들은 이미 몇 년 전쯤 시작했던 결혼이란 것을.

원래 나의 결혼에 대한 입장은 이랬다.

'30대가 되었다고 결혼을 무턱대고 해야 하나.

사랑의 완성이 반드시 결혼도 아닌데.

결혼은 하고 싶을 때 하고 싶은 사람과 하면 되는 거지.'

하지만 그즈음 엄마가 아프신 것을 시작으로, 부모님이 나이드신 것에 대한 슬픔과 조바심 그리고 이 한치 앞도 알 수 없는 인생이란 것에서 안정감을 갖고 싶다는 기대가 생겨나기 시작한 것이다.

친한 대학 친구가 결혼한 주말.

우린 야외 카페에 앉아 시원한 맥주를 마시며 가을이 오자 높아진 하늘을 바라보고 있었다. 방금 참석했던 결혼식의 신부 드레스가 얼마나 예뻤는지, 뷔페 음식은 어땠는지를 이야기하던 중 내가 불쑥 물었다.

"그런데 너희 부모님은 나에 대해 아셔?"

"… 아, 사실 형한테 말했는데, 형이 말씀드렸나 봐."

"그래서 뭐라고 하셔?"

"…… 나이 때문에 …반대하시긴 했어.

아직은 연애하는 거라고 말씀드렸는데…."

"…."

이상하다.

짐작도 하고 예상도 했고 이해도 하지만 그 말이 가슴에 확 박혀버렸다.

하지만 나는 쿨하게도 '부모님은 그러실 수 있지.'라고 말했는데

그런 내 솔직하지 못한 씩씩한 말은 도무지 어찌해야 할지 몰랐기 때문

이었다. 화도 났고 울고도 싶었는데 두 가지 다 적절하지 않은 것 같아

아무렇지도 않은 척했다.

그 대화는 우리가 이리저리 숨기며 꺼내지 않았던 금기와 같은 것이었

으니 참지 못하고 섣불리 연 사람이 더 실망하고 더 상처받기 마련이겠

지. 그 후로 싸우진 않았지만 잘 웃지도 않고 좀 서늘해진 나 때문에 우

리는 조금 어색해졌다.

33살이 되어 처음 본 영혼이 닮은 느낌의 그.

이런 사람은 다시는 만나기 힘들 거라며 서로의 소울메이트라고 말하

고 다니던 우리의 관계도 지극히 평범하고 현실적인 문제에 그 특별함

이 사그라지기 시작한 것이다.

심장이 심장을
배반할 때

단 것은 맛있지만 많이 먹으면 좋지 않다는 것을 누구나 알고 있으므로 의지를 갖고 조절한다. 하지만 '먹지 말아야지.'하며 나 자신을 억누르다 보면 순간순간 불행함을 느끼게 마련이다. 그런 만족스럽지 못한 순간들이 계속 쌓이고 쌓인다면 어느 순간 인생은 행복함보단 불행함에 더 익숙해질 수도 있지 않을까.

우리는 '미래를 위한 인고의 1시간'이 '현재의 즐거움을 위한 1시간'보다 더 가치 있다고 생각하지만, 그 두 가지는 우리의 수명 안에서 똑같은 비중으로 흘러가고 있으니 내가 한 일들을 책임지고 인정할 수 있다면 지금의 즐거움을 선택하는 것도 나쁘지만은 않을 것이다.

그래서 가능하면 머리가 아닌 심장이 시키는 대로 살고자 한다.

지금 내 옆의 J와도 마찬가지이다.

그와 같이 보내는 나날들.

나의 머리가 '그와의 미래가 보이니?'하고 물어본다면 아니라고 하겠지만 나의 심장은 '그럼에도 함께 하고 싶어.'라고 한다.

하지만 진짜 문제는 심장이 머리를 배반하는 것이 아닌 심장이 심장을 배반하는 데 있다.

'부모님의 반대는 이미 예상했고 어른들 입장에선 당연하니 이 정도 상처는 별거 아냐.'라며, 심장이란 녀석이 의연한 척하는 데 있다.

이렇게 솔직하지 못하고 거짓말을 늘어놓는 심장이라면 차라리 차가운 머리가 시키는 대로 사는 편이 나은 것일까.

아무리 꾸역꾸역 이어나가려 해도, 일단 삐걱거리기 시작한 관계는 되돌릴 수가 없나 보다.

그 역시 달라진 나를 보며 당황하고 힘들어했는데, 화를 내기보다는 회피하는 쪽을 택했다. 나에게 결혼, 미래, 안정감 같은 것이 필요해졌다면 그는 여전히 그리고 당연히 즐거움, 현재, 자유 같은 것들이 중요했다.

둘 중에 변한 것은 나라는 사실을 알고 있었지만, 그땐 머리와 심장이 하나로 이어지지 않은 듯 실망스러운 마음을 제어할 수가 없어 아슬아슬한 말다툼들이 생겨나기 시작했다. 친구들과 늘 가던 여행을 가는 것은 나에게 그 주말을 할애하지 않았다는 서운함을 주었고 원래부터 많았던 여사친과의 약속은 다른 여자와의 바람이라도 되는 양 말리고 싶어졌다. 우리는 이런 불화가 서로 원하는 것이 달라져 생기는 것임을 알기에 상대방을 무작정 탓하지 못했고 그 대신 조금씩 멀어지는 수밖에 없었다.

즐겁게 이어져야 할 대화 사이에 무거운 공기가 한참을 흐른다거나 할 말을 찾기 위한 공허한 시간이 우리 주위를 빙빙 돌기 일쑤였다.

그에게서 서운함을 느꼈지만, 닦달하는 연인이 되지 않기 위해 무덤덤한 척하다 보니 결국 연락과 만남이 줄어들었다.

그러다 그게 아닌가 싶어 멀어지고 있는 우리 사이를 다시 가깝게 해볼까 하면 그럴 필요 없이 기꺼이 함께했던 그가 그리워 다시 서글퍼졌다. 기꺼이와 자연스러움이 하나였던 그때.

설레었고 좋았던 모든 순간이 아주 천천히 멀어져가고 있음이 생생히 느껴졌다. 어째서 그의 미래엔 내가 우선이 되지 않는 거지.

내가 없는 빈집의 우편함을 비워주던 그의 마음이

이젠 겨우 그 정도인 걸까.

함께 할 수 없게
되는 어느 날에

그와의 삐걱대던 날들이 계속되던 어느 밤.

친구들과 J와의 나아가지 못하는 관계에 관해 이야기하며 술을 마셨다.

그녀들은 대부분 "남자는 좋아하면 물불을 안 가려."라거나

"진짜 사랑하면 부모님의 반대가 무슨 상관이야."라는 말을 했고

나와 그를 아는 아주 친한 친구조차

"J가 널 좋아하는 건 맞지만 결혼은 타이밍이 맞아야 해."

라고 조언했다.

먼저 결혼한 친구들의 말들이 다 맞다고 느껴졌다.

어쩌면 그 모든 말들은 타인의 입을 통해 들었을 뿐, 그에게 외치고 싶은 나의 생각이었을지도 모르겠지만. 어쨌거나 부모님의 반대에도 결혼할 정도의 사랑은 아니라는 원망과 헤어져야 한다는 압박감, 그럼에도 그가 있어야 살 것 같은 숨 막힘 속에서 하루에도 몇 번씩 오르락내

리락 기분이 바뀌었고 결국은 늘 불안정한 슬픔으로 치닫곤 했다.

그날 밤은 술에 잔뜩 취해 그의 집에 찾아갔다.

자다 놀라 문을 연 그가 무슨 일이냐며 안아주었고 나는 말도 없이 한참을 울었다. 술에 취한 채 잠이 들었다가 살짝 깨보니, 불도 켜지 않은 어두움 속에서 그가 걱정스럽고 심각한 눈으로 바라보는 것이 느껴졌다.

'나 정말 최악이네.'

지난 여름밤, 그와 함께 쏟아지는 별을 보던 더없이 행복했던 순간이 떠올랐고 그때 예상했던 우리가 함께할 수 없게 될 어느 날이 성큼 다가왔음도 알 수 있었다.

한참 후에 그가 잠든 후, "미안해. 내일 만나자."라는 간단한 쪽지를 남기고는 그의 집을 나섰다.

다음 날은 다행스럽게도 햇빛이 밝았다.

우리는 처음 데이트한 광화문 카페에서 만나, 옆자리가 아닌 마주 보는 자리에 앉았다. 그는 "날씨가 참 좋지."라고 말했고 나는 더 이상 추워져서 먹지 못할 가을의 마지막 아이스 아메리카노를 마시자고 했다.

누구도 먼저 말하지 않았지만,

오늘이 헤어지는 날이라는 것은 명백했다.

나는, 결혼 생각까진 없는 사랑의 깊이에 실망했다고 했고

그는, 나를 이해하지만 아직은 결혼을 할 자신이 없다고 했다.

그는, 내가 처음 사랑한 여자는 아니지만 가장 사랑한 여자였다고

나중에라도 다시 만나고 싶다고 말했고 나는,

"나같이 괜찮은 여자가 그때까지 혼자일 것 같아?"라고 투덜거렸다.

우린 서로의 얼굴을 새기듯 천천히 바라보았다.

그의 손을 다시 붙잡고 싶어지자 눈물이 핑 돌았고

정말로 그러기 전에 일어섰다.

아마 우린 다른 사람들을 만나고 다시 사랑할 것이다.

하지만 그 누구도 우리와 같지 않을 것임을 잘 알고 있다.

우리는 헤어졌다.

얼마든지 가능한
별것 아닌 일

J와 헤어진 지 1달이 지났고

이 세상은 날 잊은 건지 아무 곳에서도 연락이 없다.

상상력도, 즐거움도, 재미있는 모든 것이 사라져버렸다.

하루키처럼 아무 말도 하지 않아도 되는 친구를 초대해 기분이 좋아

지는 요리를 할까 하다 아무 말도 안 해도 되었던 친구는 이제 내 곁에

없다는 걸 알고 쓸쓸해졌다. 꿈을 꾸는 것이 가장 즐거워 태양이 지구

를 향해있는 동안에도 계속 잠만 잤다.

무기력증? 우울증?

그래도 식욕만은 여전한 걸 보니 죽진 않겠지.

20살 때 첫사랑과 이별했을 때 밥 한 숟가락도 뜰 수 없었다.

그땐 정말로 가슴이 찢기는 것 같아 자다가 가슴을 쾅쾅 치기도 했으

니까. 그때처럼 마음이 아파 밥 한 숟가락 뜨지 못할 것도 아닌데 이렇

게 무기력해 보기는 처음이다.

헤어진다는 것은 얼마든지 있을 수 있는 평범한 일이니

그를 잊는 것도 얼마든지 가능한 별것 아닌 일이어야만 한다.

항상 연애에 실패하면 외모를 열심히 가꾸어 그놈을 다시 만나게 되면 꼭 후회하게 만들겠다는, 절대 일어날 일은 없지만(예뻐졌을 때 만나게 되는 건 다른 사람이니) 긍정적인 방향을 모색했었다.

하지만 이번엔 고된 병원 생활 속에서도 쪄버린 생존력 강한 몸무게가 60 이라는 경계 수치를 넘어버렸음에도 아무것도 하지 않고 있다.

물론 사랑하는 엄마는 그런 나를 보고 살이 찌는 것은 나이가 들어서이고 운동하기 싫은 것도 늙어서 그런 것이라는, 아주 힘이 되는 말(그건 결코 나의 의지박약 탓이 아니라는)로 용기를 복 돋아 주시지만.

온종일 침대에 멍하니 있다가 오늘 누구와도 말하지 않았음을 깨닫고는 근처 카페에 가서 아르바이트생과 겨우 오늘의 한 마디를 뗀다.

"아메리카노 라지 사이즈요."

그리고는 다시 집에 들어와 시트콤 〈프렌즈〉를 틀어놓고 자다 깨기를 반복한다. 이미 100번은 족히 본 그 옛날 시트콤을 잠들기 전에 늘 틀게 되는데 고요하면 잠을 잘 수가 없기 때문이다. 낮에 느꼈던 피로들은 밤이 되어 주위에 고요함이 찾아들면 안정을 느끼기는커녕 외로움에 자리를 내주고 만다.

여전히 텅 비어있는 방.

한쪽이 넉넉하게 남아있는 더블 침대.

침대 속에서 나는 마치 그가 옆에 누워있기라도 한 듯 옆으로 누워 팔을 뻗어본다.

너는 정말 내가 필요하지 않은 것일까.

지금이 아니라면 평생 못 본다 해도?

내가 없는 세상에 사는 것이 나와 함께 한 세상보다 정말 더 행복한거니. 그렇게 꼬리에 꼬리를 물고 슬퍼하다가, 결국 텅 빈 이 옆자리가 죽는 날까지도 비어있을지 모르겠다는 끔찍한 생각에 이르기 시작하면 누운 채로 과자를 봉지 째 먹어 치워버리는 대참사가 일어나게 된다.

그 참담한 비극을 막기 위해서, 잠들 때까지 멍하니 하지만 열심히 시트콤을 보는 것이다. 그런 날들이 반복되다 보니 이제는 저기 나오는 여섯 명이 가장 친한 친구들처럼 느껴진다. 매일매일 이런저런 사고를 치고, 말도 못 할 바보같은 뻘짓으로 연인에게 차여도 결국 소파에 둘러앉은 채 커피를 마시며 소소한 하루를 이어가는 그들.

조금 모자란 인생을 살아도 행복해질 수 있다고 말하는 그들이 진심으로 위로가 된다. 현실속 내 친구들을 만나면

"그놈, 결혼 생각 없었던 것 미리 알아서 다행이야. 그런 놈이랑 더 이상 시간 낭비 안 하고 빨리 헤어졌으니 하늘이 도운 거야."하며 잔뜩 열을 낸다.

내내 시무룩해 있던 내가 그들의 말에 조금 위로를 받은 후

"그래, 그렇지. 잘한 것 같아…. 아, 혹시 이번 주말에 보고 싶은 영화 개봉하는데 같이 볼래?"라고 물으면 그녀들은 잠시 머뭇거리다 갑자기 주말엔 시댁에 가야 한다고 한숨을 푹 쉰다.

그리고 좀 미안했는지 갑갑한 결혼 생활을 한탄하는 것으로 힘든 친

구와 함께 해주지 못하는 상황을 변명하고는 결국은 남편이 데리러 왔다며 술 한 잔 하지 않고 집에 가버린다.

잔뜩 폭풍 수다를 떨었으나 어쩐지 만나기 전보다 더 허해진 마음으로 편의점에서 맥주를 사서 집에 터덜터덜 걸어오는 길의 허무함.

물론 난 나의 친구들을 사랑하고 그들이 진심으로 나를 아낀다는 것을 잘 안다. 그리고 그들 말의 대부분은 옳을 것이다. 하지만 친구들이 그렇게 옳은 말만 하지 않는다면 나는 더 내 마음이 하고 싶었던 말.

'그 나쁜 놈. 하지만 지금이라도 잡을 수만 있다면 잡고 싶어.'

라는 그 말을 속 시원하게 할 수 있었을 것이다.

해야 할 일을 했다는 스스로에 대한 대견함도 잠시.

너무 외로워서 J와 헤어진 것을 많이 후회했다.

그가 보고 싶은 것은 당연했고

심지어 34살의 싱글 여자에겐 같이 놀아 줄 친구가

딱히 많지 않았기 때문이다.

그와 겨울에 가기로 한, 처음으로 둘이 가는 해외여행인 삿포로 여행이나 가고 나서 헤어질걸. 초원에서 배고픈 사자한테 쫓긴 것도 아니었는데 왜 그리 바로 헤어졌을까 하는 후회가 수시로 밀려왔다.

결혼 상대가 아니라며 헤어졌건만 그 뒤로 소개팅이 줄줄이 잡히는 것도 아니었다. 내가 왜 6살 연하는커녕 집안의 반대라고는 겪어보지도 않고 순탄하게 결혼한 친구들의 똑 부러지는 충고를 들었을까.

어차피 난 그렇게 똑 부러지는 여자도 아닌데 말이다.

이건
아닌데

지난주는 알지도 못하는 래퍼들의 예선.

이번 주는 이름이나 겨우 알게 된 그들의 본선으로 일주일이 흘렀음을 느끼다니. 내 인생을 살고 있음이 분명한데 타인의 에피소드로 시간이 지나감을 느끼는 것은 분명 잘못된 것 같다.

기록되지 못한 채 흘러가는 하루들.

그와 헤어진 후 멈춘 것만 같던 계절은 말 없던 겨울을 지나

어느새 봄이다.

집 앞 공원을 걷다 하늘 가득 무성해진 나뭇잎을 바라보고 있으니 저 잎들처럼 넘쳐났던 그와의 기억들이 떠오른다.

나. 다시 사랑할 수 있겠지.

J와 함께 내 안의 열정도 사그라지고 만 것 같아 두렵다….

3부

결혼하기
좋은

남자

그를 만난 건 오랜만에 연락이 닿은 고등학교 친구 영지가 해준 소개팅
에서였다. 요새 만나는 남자가 없다는 나의 말에 영지는

"그러니까. 잘생긴 연하를 만나지 말고 오빠를 만났어야지! 흠, 주위에
해줄 사람 딱 한 명 있는데… 그런데 이 오빠, 소개팅의 끝이야. 내가 다
리 건너서 소개팅 13명 시켜줬는데 그중 11명이 싫다 그랬고 나머지 2
명을 그 오빠가 싫다고 했었어. 하하하… 너 그래도 할래?"하고 물었다.

"…그래, 하지 뭐."

그러자 그녀는 노트를 꺼내 조그마하게 어떤 사람을 그렸는데

어깨가 좁고 힘없는, 머리숱마저 맥없어 보이는 아저씨가 거기 있었다.

"딱 이렇게 생겼는데 그래도 할래?"

"…"

바로 그 주 토요일, 소개팅을 했다.

S의 첫인상은 영지가 노트에 그려준 그대로였다.

그러고 보면 그녀가 미대생은 맞나보다.

그는 중간 키에 마르고 어깨가 좁은 데다, 머리숱이 별로 없었다.

여자들이 제일 싫어한다는 대머리를 향해 가속도를 높이고 있는 그였는데 그럼에도 눈이 선하고 코가 반듯하며 피부가 깨끗해서 이상하게 나쁘지 않다는 생각이 들었다. 대화를 해보니 말투는 좀 무뚝뚝했지만 시원시원했고 서로의 관심사를 하나둘 나누다 보니 꽤 통하는 구석이 있어 분위기가 좋아졌다.

우린 근처로 맥주를 마시러 갔는데 술도 오르고 이야기도 잘 통해서 기분이 좋아진 나는 그만 소개팅 백전백승 기술

'첫 만남에는 별말 하지 않고 고개만 끄덕이며 웃기'를 까먹은 채 잔뜩

떠들어대고 말았고 그 탓에 돌아오는 길엔 살짝 망했단 생각이 들었다. 이상하게도 소개팅은 남자가 마음에 들어 신나게 대화하며 유쾌한 시간을 보내면 애프터가 감감무소식이다.

반면에 남자가 별로라 영혼 없이 고개만 연신 끄덕이고 가끔 빙그레 미소만 짓다 헤어지면 남자가 연락해온다.

집에 들어가자 곧 영지에게 전화가 왔다.

"야! 웬일이야~ 이런 좋은 반응은 처음이야!! 그 오빠가 왜 이제야 널 소개해줬냐며 난리 났다~ 나 드디어 명품백 선물 받는 거야?"

그녀는 소리를 지르며 좋아했다.

밤에 전화로 한 시간을 이야기한 것도 모자라 다음 날 우리 집 앞까지 찾아온 영지는 그가 남중-남고-공대-군대 테크를 거쳐 여자관계가 매~우 깔끔한데 실은 그녀가 안 9년 동안 여자 친구가 없었으니 모태 솔로일 수도 있다고 했다. 끙.

그는 기혼인 영지가 보기에 결혼하면 매우 좋을 남자란다.

대기업 통신사의 전략기획실에 근무하고 있어 연봉도 높은데 딱히 돈 쓸데가 없는 탓에 주구장창 모아 양평에 땅도 샀으며 성격 또한 무뚝뚝하긴 하지만 남자답고 생활력이 강해 신랑감으로 딱! 이라는 그녀의 엄청난 설레발과 조언이 있었다.

특히 "음… 외모가 좀 걸리면… 처음 데이트할 때는 사람 많은데 말고 사람 별로 없는 외곽에서 해. 이를테면… 자동차 극장 같은데? 그럼 외모 비교 대상이 없으니까. 그렇게 처음 3번 정도의 데이트에서 외모 쇼크를 흡수하면 그다음은 아무렇지도 않아."라며 섬세하게 코치도 해주었다.

흠. 그한테 일러바칠까나.

그리고 그날 밤 그와 2시간 넘게 통화를 했다.

아! 전화 목소리가 좋다.

나보고 자기처럼 공대 나왔냐며 명석하고 명쾌하단다.

나도 그가 그러한 것 같다.

외모 쇼크
흡수

오랜만에 잡힌 부서 회식 날.

무제한 곱창에 흥분한 탓인지 맥주도 무제한인 것처럼 들이마셔서 만취했나보다. 술을 마시는 도중에 역시 회식을 하고 있다는 그와 통화를 했는데 "지금 나 보러 와요."라는 만취 애교에 그는 정말 새벽 1시쯤에 우리 집 근처로 왔다. 그동안 전화를 통해서만 무럭무럭 호감을 키우던 그를 두 번째 다시 보는 것인데, 저기 멀리에서 회사 부장님 같은 분이 걸어와 인사를 하는 통에 술기운임에도 잠시 충격을 받았다.

이것이 두 번째 외모 쇼크인 거겠지. 이겨내자!

어쨌거나 둘 다 좀 취한 상태로 만난 탓에 술을 깨려고 우리 집 앞 계단에 앉아 이야기를 나누기 시작했다.

그는 나를 보고 헤죽헤죽 웃으며 이런저런 많은 질문을 하더니 기분이 너무 좋다며 노래를 불러주었다(너무 못 불러서 취했음에도 이건 기억이 난다). 나 역시 간만에 마음에 드는 남자를 만난 탓에 평상시 하지도 않던 "오빠라고 불러도 돼요?"등의 몹쓸 애교를 남발했고 그러길 얼마나 지났을까.

좋아죽겠단 표정으로 내내 쳐다보던 그가 훅 가까이 다가와 키스를 했다. 아. 이거 너무 빠른 거 아닌가 하는 생각이 듦과 동시에…

갑자기 앞집 현관문이 벌컥 열리면서 젊은 청년이 나왔다.

"저기요! 아까부터 다 들리거든요!!!"라고 짜증 나서 못 참겠다는 듯이 그는 소리를 질렀다. 나는 빛의 속도로 벌떡 일어나 "죄송합니다.", "안녕히 가세요."라는 두 가지 말을 동시에 현관문에다 외치며 집안으로 뛰어 들어갔다.

아. 너무너무 창피하다.

이제 앞집 청년 얼굴을 어떻게 보지.

아침에 깨고 보니 지난 밤 키스한 것이 떠올랐다.

전화가 계속 울려 확인해보니 S.

민망해서 받을 수가 없네.

안 받고 있으니 카톡에 "괜찮아?"하는 메시지가 떴다. 헉.

일단 답장을 보내지 않은 상태로 영지에게 전화를 걸어 어제 일어난 이야기를 하자 그녀는 소리를 지르며 어젯밤의 그는 자기가 소개해 준 사람이 아니라고 한다. 자기가 알던 사람은 모태 솔로 공대남으로 그 전에 아는 언니가 잠깐 만났는데 하도 진도가 안 나가서 답답해서 헤어졌다고 했다. 그러더니 "잘 알아보고 만나."라며 사실 9년을 알긴 했지만 자기 그렇게까지 안 친하다는 책임감 없는 얘기를 날렸다.

앞집 청년은 그 후로 얼굴 마주칠 일이 안 생겨 다행이다.

다음 날 저녁 어색한 전화 통화를 시작으로 다시 관계에 물꼬를 튼 우리는 나이가 무색하리만큼 달달하고 적극적인 표현이 가득한 통화를 하며 일주일을 보냈다.

회사 내 친한 여자 후배의 결혼식이 있던 주말.

후배와 그녀의 예비 신랑이 술고래 커플인 관계로 피로연도 작은 바를 빌려 할 거라며 특별히 회사 사람 중에는 가장 친한 나에게만 오라고 해서 잔뜩 기대됐다. 후배는 예비 신랑이 은행에 다녀 회사 동료들이 많이 온다며 아직 잘 모르는 소개팅남에 너무 올인하지 말고 꼭 참석하라고 했다.

그녀의 말이 백번 옳다!

게다가 공짜 술도 잔뜩 먹을 수 있고!

그에게 약간의 죄책감이 들긴 했지만 우린 아직 공식적으로 만나는 사이는 아니니까 하며 스스로 그럴듯한 변명을 했다.

그와 점심을 먹고 결혼식에 가기 전까지 근처 카페에서 커피를 마시던 중, 결혼식 피로연에 간다고 하니 그의 얼굴에 긴장감이 확 지나갔다.

"피로연? 거기 가면 남자들 많겠네."

"네. 아마 신랑 친구들도 오고 신부도 남자 친구들이 많은 스타일이라."

그는 가지 말라는 말이 턱까지 찬 듯한 표정이었으나 대신 이렇게 말했다.

"아. 그럼 밤에 위험하니까 택시 잡지 말고 콜택시 불러. 내가 아는 분 있어."

그는 콜택시 번호 한 개를 적어주었다. 결혼식장에 도착하니 세상에! 회사의 아는 사람들이 잔뜩 보이는 것이 마치 주말 출근한 것만 같다.

평상시에도 반짝이와 애니멀 패턴 마니아인 신부는 독특하게도 진한 스모키 화장을 하고 등이 엉덩이까지 파진 드레스를 입어 흡사 헐리우드스타 같은 분위기를 풍겼다.

결혼식은 바로크 양식의 앤틱 마감이 돋보이는 클래식한 분위기의 웨딩홀에서 치러졌는데 높은 천정에서 빛이 가득 쏟아져 경건한 느낌이 드는 동시에 버진 로드를 따라 놓인 아름다운 생화들의 향기가 은은히 전해지는 퍽 마음에 드는 곳이었다. 사실 럭셔리한 예식 장소도 너무 좋았지만, 그보다 더 인상 깊었던 것은 신부 아버지가 신부를 위한 글을 낭독하시던 순서였다.

신부를 꼭 닮은, 아니 신부가 꼭 닮은 아버지가 품 안에서 작은 종이를 펼치신 후 "사랑하는 내 딸 서아야. 네가 태어나던 날, 너를 처음 안은 순간이 기억난다."로 시작하신 글은 하객들의 코끝을 찌릿하게 만들며 심금을 울리기에 충분했다.

와. 저렇게나 멋진 아빠라니!

그렇게 A4 한 장 정도 되는 신부 아버지의 후배에 대한 찡한 어린 시절 이야기가 끝났다. 이어서 아버지는 들고 계시던 종이를 넘기셨고 낭독은 두 번째 페이지로 넘어갔다. 신부와 신랑의 얼굴이 약간 굳었다. 낭독은 이제 신랑에 대한 환영의 말 그리고 결혼 생활 선배로서의 충고와 격려로 이어졌고…. 무려 3번째 장으로 넘어가서야 끝이 났다.

페이지가 넘어갈 때마다 급격히 더 어두워지는 신부의 표정을 알아차

리게 된 나로선 괜스레 긴장되어 손에 땀이 축축이 났다. 그 후의 식 진행이 약간 시간에 쫓기는 듯한 느낌도 들었으나 어찌어찌 결혼식은 잘 끝났고, 신부가 부케를 던지는 순서가 되었다. 포마드 헤어스타일을 한 훈남 카메라기사님이 사진을 찍으려고 서 있는 하객친구들에게 외쳤다.

"신부가 미쿡 스타일이라 특별히 부케 받는 분을 정하지 않았다네요! 지금 부케를 받고 싶은 분은 앞에 나와서 서 주세요!"

이런… 어쩌지. 쿨한 신부와는 다르게 하객은 다들 한국 스타일인지 아무도 나서질 않았다. 당황한 카메라기사님이 재차 "자~ 앞으로 나와주세요"를 말하며 분위기는 좀 어색해져 갔는데 그때 하필이면 애타는 눈빛으로 주위를 둘러보는 스모키 화장의 신부와 눈이 딱 마주쳤다. 무서운 눈 화장 아래로 보이는 그녀의 엄마 잃은 밤비 같은 눈빛에 어휴, 결혼 안 한 선배로서 결혼하는 후배를 도와줘야 한다는 책임감이 들었다. 조심스레 앞으로 나가자 "오오~"하면서 "과장님 파이팅!"이란 소리가 들렸다.

곧이어 나와 비슷하게 어두운 표정으로 남자 1분, 여자 1분이 더 나왔다. 하아, 이게 뭐라고 긴장이 되지!

하나, 둘, 셋 하는 소리와 함께 팔 힘도 좋은 신부의 부케가 이쪽으로 슝~ 날아오는 것이 보였다. 나는 손을 뻗어 멋지게 휙~ 낚아… 채지 못하고 그 대신 온몸이 움찔했다. 두 손은 어째서인지 서로 마주 잡은 채 가슴팍 근처에 있네. 누가 보아도 내가 잡았어야 할 부케는 운동 신경 좋아 보이는 여자분이 내 가슴팍 앞에서 잡아채섰다.

역시 공이든 부케든 날아오는 것은 다 무서워.

자리로 돌아가는데 아무도 나의 둔한 운동신경에 대해 먼저 말하지 않아 왠지 더 뻘쭘했다. 잊자! 잊자!! 잊자!!!

급속도로 밀려오는 허기짐을 달래기 위해 뷔페를 향해 빠르게 발걸음을 옮기던 도중, 다른 회사로 이직하신 친했던 차장님이 홀로 앉아 계신 것을 발견했고 반가운 나머지 달려가 인사를 하는 바람에 우리는 합석을 하게 되었다.

같이 간 동료가 화장실에 간 사이에 벌어진 일이라 돌아온 동료의 표정이 썩 좋지 않았다.

혼자와 민망하셨던 차장님은 우리가 너무 반가우셨던 나머지 근황을 쏟아내셨는데 이직한 회사의 쓰레기 같은 이사님이 12살 어린 인턴사원과 바람이 나 부인이 회사에 찾아온 재미난 이야기도 해주셨다.

그리고 보면 모든 바람피운 이야기는 전개와 결말이 다 똑같지만 맨날 들어도 늘 흥미진진하단 말이야. 뷔페 음식을 다 먹은 후에도 차장님이 이야기를 더 하고 싶어 하는 눈치여서 우리는 피로연에 가기 전 딱 1시간만 근처에서 맥주를 마시기로 했다.

생맥주와 노가리를 시킨 후 이야기는 점점 무르익어 최근 내가 만나게 된 S 이야기, 회사 내 권력과 암투의 승진 이야기를 거쳐 차장님이 결혼하려던 남자분과 파혼하게 된 짠한 이야기로 이어졌다.

도저히 이야기를 끊고 "저는 이만 은행 다니는 멋진 남자들도 많고 술도 공짜인 신나는 피로연에 참석하겠어요!"라는 말이 떨어지질 않았다.

그렇게 2시간이 더 지나자, 끝내 차장님은 같은 이야기를 하고 또 하고의 만취 상태가 되었고 결국 졸기 시작하셨다.

꾸벅꾸벅 조는 그녀를 콜택시에 태워 보내고 재빨리 근처의 피로연 장소로 뛰어갔는데 그럼 그렇지. 아쉽게도 파티는 거의 파장 분위기였다.

신부를 찾아 인사를 하니 왜 이제야 왔냐며 와인을 따라주는데 아무리 병을 꺾어보아도 나오는 것이 없었다. 빈 병이었다.

쓸쓸함에 주위를 둘러보니 괜찮은 남자들이 정말 많아 보였는데 다들 취한 듯 삼삼오오 모여 춤을 추고 노래를 하고 있었다.

정말이지 너무너무 아쉬웠다!

하지만 춤추는 사람들 사이에 엉덩이를 들이밀고 같이 춤을 출 배짱과 친화력이 없는 나는 간신히 옆에 서 있던 신부의 대학 여자 친구 두 명과 인사를 하게 되었다.

이야기를 나누다 보니 그녀들은 굉장히 유쾌했고 하는 일도 나와 비슷했다. 그럼 그렇지. 파티나 모임에 가서 새로 만나게 되는 코드도 맞고 이야기도 잘 통하는 사람들은 죄다 여자들이란 말이야.

결국 남자들이 득실득실한 그 파티에서 여자 두 명의 연락처를 받은 후, S가 알려 준 콜택시에 문자를 보냈다.

바로 "네. 2번 출구 뒤쪽에서 대기하겠습니다. 차 번호는 ○○○○입니다!"란 문자가 왔다. 2번 출구 뒤쪽으로 가자 택시 대신 웬 낯익은 차 한 대가 서 있었다.

세상에, 그가 와 있었다!

그는 나와 헤어지고 근처에서 기다렸다고 한다.

알려준 번호는 친구 번호라나.

솔직히 매우 감동했다. 무뚝뚝한지만 알았던 그가 이렇게 여자를 기다려주는 자상한 남자였다니… 그리고 파티에 가서 멋진 남자들을 더 찾아보려던 충직하지 못한 나를 반성했다.

그래, 피로연에 있었던 내 것이 아닌 남자들을 아쉬워하지말고 이 괜찮은 남자와 잘해보는거야!

결혼
적령기이므로

나는 막내딸이다. 그는 맏아들이다.

나는 우리 집에서 유일하게 결혼을 안 해서 속 썩이고 있고

그는 그의 집에서 유일하게 결혼을 해야 한다.

그리고 우리 나이는 30대 중반과 40대를 향해있다.

만난 지 3달밖에 안 돼 빠르기는 하지만 결혼을 생각해보지 않을 순 없겠지. 결혼을 전제로 한 연애를 늘 부자연스럽다고 여기는 나로선 이렇게 빨리 결혼을 생각한 적은 처음이지만, 그래! 그는 나의 연애 취약 포인트인 연하도 아니고 5살이나 많다. 연애 경험이 많지 않아 애정을 표현하는 방법이 세련되진 않았지만 쑥스러워하면서도 적극적으로 표현하는 점 또한 마음에 든다. 연봉도 높은 안정적인 직장을 가지고 있는 점은 우리 부모님에게도 합격일테고.

3달 동안 늘 같은 시간에 모닝콜로 깨워주고 누구와 점심을 먹고 있는

지 궁금해하며 잠자기 전엔 하루가 어땠는지 물어보는 S.

그는 나를 만나는 동안 하루하루가 행복하고 매일 더 사랑하며 결혼하고 싶다고 말해왔다. 그러고 보면 만난 지 3개월 만에 결혼했다는 친구의 친구 이야기는 늘 여기저기서 들리는데 우리 같은 결혼 적령기인 (음. 약간 지난?) 사람들은 이제 사람을 척 보면 알기 때문에 이 사람이다 싶으면 빨리빨리 연애하고, 괜찮다 싶으면 결혼해야 한단다. 어차피 그놈이 그놈이라는 말은 엄마들 사이에 늘 나오는 말이고. 하지만 그 모든 충고에도 불구하고 누군가와 그렇게 빨리 결혼을 생각한다는 것이 나에게는 여전히 낯선 일이었다. 그런 이야기를 들으면 그들의 사랑이 뜨거운 건지 아니면 결혼이 급해서인지 구분이 안 됐다.

네 번째 만난 날.

집에 바래다주는 캄캄한 골목길에서 갑자기 나를 돌아보며 선 그가 진지해진 목소리로 "사랑해."라고 말했다.

순간 온몸으로 퍼지는 것은 감동이 아니라 안타깝게도 어색함이었다.

우린 겨우 네 번 만났는데 왜?

그의 말은 내 귀에 또렷했지만, 가슴에 박히진 않았다.

하지만 그 어색함을 웃음으로 모면하고 "잘 만나보자."라고 했다.

그가 좋지만 난 원래 썸만 기본적으로 3개월씩 타는 신중한 여자니까.

상냥하고
사랑스러운 반달 눈

주말에 함께 강화도로 드라이브를 가서 낙조도 보고 맛있는것도 먹기로 했는데 데이트를 하는 날엔 아침도 먹지않고 오는 그가 생각나 차 안에서 먹을 김밥을 싸보기로 했다. 부끄러운 이야기지만 여태껏 김밥을 쌀 때 옆에서 주워 먹거나 혹은 김발 발로 말기만 했지 처음부터 끝까지 혼자 만들어 본 적이 없다.

폭풍 인터넷 검색을 한 결과, 만드는 과정도 간단해 보이고 맛있을 것 같은 삼겹살 김치 김밥과 스팸 계란말이 김밥 그리고 누룽지를 하기로 했다. 그런데 데이트 약속 2시간 전에 시작하면 충분할 것처럼 보이던 간단 요리는 재료만 간단할 뿐 만드는 과정은 전혀 간단하지 않았다.

삼겹살과 김치를 볶은 후 김에 말아 썰려고 하니 칼날이 무딘지 잘 썰리지 않아 가뜩이나 뚱뚱해진 삼겹살 김치 김밥의 옆구리가 자꾸

터져 죽어갔다. 스팸 계란말이 김밥 역시 만만찮은 것이 프라이팬에 기름을 두르고 계란물을 부은 후에 스팸을 얹어 싸악~ 돌리려 했으나 다 깨지고 말았다. 동영상에선 쉽게 돌아가던데… 그건 아마 나의 오래된 프라이팬이 좋지 않은 이유일 것이다. 암… 그렇고말고!

시간을 보니 어느새 약속한 1시가 다 돼가네.

급히 여기저기 터진 김밥 옆구리들을 김 조각으로 땜빵하고 그나마 김밥처럼 보이는 것들을 모아서 많아 보이게 눠어 담았더니 도시락 하나가 그럭저럭 만들어졌다. 아, 누룽지가 있었지!

냄비 뚜껑을 열어보니 누룽지에 국물이 하나도 안 남고 불어버렸다.

이건 그냥 불은 밥이네!

뭐가 더 최악인지 꼽을 수도 없는 음식들로 엉망진창이 된 마음을 가까스로 추린 후, 미리 내려둔 원두커피를 챙겨 집 앞으로 데리러 온 그에게 후다닥 달려갔다. 차 안에서 커피와 함께 김밥이 담긴 도시락을 주니 힐끗 쳐다본 그의 광대가 승천할 듯 마구 올라갔고 그는 당장 먹고 싶다며 길에 차를 세우더니 삼겹살 김치 김밥 하나를 집어 먹었다.

"진짜 맛있다!"라며 만족스러운 반응을 보이며 도시락 하나(생존한 김밥 8조각)를 뚝딱 해치운 그가 운전 내내 "맛있다!"하며 창밖으로 소리를 질러댔다.

서울을 나와 강화도를 향하는 길의 내비게이션이 진짜 이상했다. 중간 중간 길을 못 찾고 뱅뱅 돌다 안내받은 길은 찻길이 아닌 잡초가 울창한 자갈길. 꼬불꼬불 굽은 그 길은 무성한 잡초와 돌들로 가득 차 있었고 그런 오프로드를 달리기에 그의 차는 그동안 주말에만 일하는 온실의 화초로 길러졌다. 게다가 10년 만에 2인분을 태우고 다니느라 차가 더 힘들어한다고 그는 웃프게 말했었지. 차는 미친 듯이 덜컹거리며 한걸음씩, 천천히 나아갔고 그렇게 20분가량을 가다 보니 길 한가운데 커다란 돌들이 여러 개 놓여 길을 아예 가로막고 있었다.

앞으로도 못 가고 뒤로도 못 가고 그대로 갇혀버린 우리는 서로의 얼굴을 쳐다보다가는 아무 말 없이 내려서 그 돌들을 옮기기 시작했다.

평생을 같이 지내 온 품앗이 이웃처럼 돌을 옮기는 죽이 착착 맞았고 몽글몽글 맺히는 땀과 함께 비실비실 웃음이 났다.

겨우 지나갈 길을 만들고 차에 다시 올라타니 그사이에 둘 다 폭삭 늙어버린 듯했고 그런 서로의 얼굴을 쳐다보다가 결국 빵 터지고 말았다.

한참을 더 가다 드디어 내비게이션도 알고 그도 알고 있는 길을 찾았다.

하지만 이미 해가 떨어지고 있었고 날도 곧 어두워질 것 같아 목적지인 해수욕장이 아닌 국도 옆 논두렁에 주차하기로 했다.

우린 차가운 바닷바람이 몰려오는 논두렁을 따라 손을 잡고 걸으며 저 멀리 바닷가에서 떨어지고 있는 붉은 해를 바라보았다.

해는 사라지는 것이 아쉬운 듯 바다에서 꽤 멀리 떨어진 이곳까지 따뜻한 빛과 온기를 보내주고 있었다.

참, 장소는 논두렁 한가운데라 웃긴데 분위기는 왜 또 로맨틱한 거지?

그가 나를 쳐다보았고 나를 보고 웃는 그의 눈은 어느새 반달이 되어있었다. 다가가기 쉽지 않은 차가운 인상의 *그*가 나에게만 보여주는 반달 눈. 영지도 본 적이 없고 그의 친구들도 손사래를 치며 부인하는 반달 눈.

나만 알고 있는 그의 상냥하고 사랑스러운 반달 눈이 너무나 좋아진다.

바다가 보이는 카페에 나란히 앉아 손을 포개고

실없는 장난을 치는 우리.

그는 내가 강아지 같기도 하고 고양이 같기도 해서 좋단다.

이런 칭찬을 그전에는 들어 본 적이 없어서 당황스럽긴 하지만 동물이래도 귀여운 애들이니까 칭찬이겠지?

그래서 나도 "오빠는 마스크 쓰고 활짝 웃을 때, 눈만 보면 이정재랑 비슷해요."라고 해주었다. 외모 쇼크가 완전히 사라진 데다 눈이 침침하니 점점 노안이 오고 있는가 보다.

서울로 돌아오는 길에 음료수를 사자며 그가 한강 공원에 들렀다.

영하 10도에 달하는 추위에 놀랍게도 주차장은 차들로 꽉 차 있었는데 한강 공원엔 사람이 하나도 없으니, 다들 어디에 가 있는 거지?

그는 주차장을 한참 동안 뱅뱅 돌았는데 몇 개 발견한 자리를 다 지나치고는 굳이 대형 버스가 양쪽에 주차된 좁은 공간에 차를 여러 번 앞뒤로 빼며 힘들게 주차했다.

아. 그제야 집히는 바가 있었다.

매우 아늑하게 주차를 하시고 나를 돌아본 그.

이 남자가!

결혼해도
좋을 남자

모든 관계에는 일정한 시간이 필요한가 보다.

같이 보내는 겨울이 깊어가는 만큼 좀 급하다고 생각했던 그의 진심이 말이 아닌 마음으로 다가오니 말이다.

금요일 밤, 토요일 데이트를 앞두고 사소한 문자를 주고받다 그가 물었다.

"오늘 저녁엔 뭐 먹었어?" "파스타."

"점심은?" "샌드위치요."

무엇을 먹었는지 하나하나 물어보며

나의 하루를 머릿속에 그려보곤 한다는 그.

그러더니 "잠깐만, 온종일 밀가루만 먹었네? 안 되겠다. 내일은 밥이랑 고기 먹자."라고 말하는 그.

온종일 밀가루만 먹었단 사실을 알아채는 다정함에 마음이 따뜻해진다.

가을 단풍이 물들기 시작할 때 만난 우리에게 크리스마스가 다가왔다.

나의 선물인 회색 캐시미어 머플러를 받고 그는 입이 귀까지 걸려서는 마냥 싱글벙글했다. 그리고 긴 겨우내 만나면서, 어울리든 어울리지 않든—털 달린 국민 롱 패딩에도, 다림질한 말쑥한 정장에도—내가 준 것이라 한시도 벗을 수 없다며 주구장창하고 하고 다니는 그를 보며 미소 지어지는 나의 마음이 사랑임을 확실히 알았다.

막내라 철없지만 유쾌한 스타일인 나와 맏아들이라 신중하지만 고집 센 그는 티격태격하긴 해도 큰 다툼없이 잘 지내고 있는데 그것은 마치 전혀 다른 퍼즐이 완벽히 맞춰지듯 서로의 장점을 좋아하고 단점을 채워주기 때문이 아닐까. 게다가 그는 이런저런 이유로 결혼하기 좋은 남자이다.

결혼한 친구들이 선호하는 연봉 1억이 훌쩍 넘는 탄탄한 직업에 남중-남고-공대-군대 테크를 밟아 그 흔한 여사친 하나가 없고 친구들과 술자리를 좋아하는 타입도 아니니. 친구들은 내가 만난 남자 중에 제일 결혼하기 좋은 조건이라며 반가워한다.

결혼하기 좋은 조건이라….

그 얘기를 듣자 문득 '그가 조건이 별로인 남자였어도 사랑할 수 있었을까.'하고 질문해본다.

30살까지는 차 있는 남자를 만난 적도 없어, 데이트란 의례 지하철 앞에서 만나 걸어가며 길에 있는 떡볶이며 아이스크림을 입에 물고 하는 것으로 생각했다.

여름에 덥고 겨울에 추운 것에 조금도 불편함이 없었고.

늘 우리가 잘될 수 있을까보다는 그가 좋은가가 우선이었기에 상처투성이 연애도 많았다. 하지만 이젠 조금 다르다. 아니 달라져야 한다.

이제 결혼이란 것을 고려해야지 않을까 하며 상대를 바라보니 그동안 기혼 친구들에게서 들어왔던 숱한 결혼에 관한 조언들과 경험 사례들이 그 남자가 가진 것들에도 가치를 부여하게 된다. 스펙을 보고 상대방을 고른다는 것이 지나치게 속물 같고 꺼려져 그 흔한 결혼정보회사도 가입한 적 없었던 나도 조건에 슬며시 눈이 가는 나이가 된 것일까? 하지만, 이런 의문도 들었다. 조건 없이 사랑한다는 것과 조건 때문에 사랑한다는 것이 정말 반대의 말일까? 글쎄, 난 잘 모르겠다.

조건 없던 순수한 사랑도 현실적인 한계나 단지 맘이 변했다는 이유로 끝내 흔들리고 깨지고 만다. 그 이유가 뭐든 인생에서는 끝까지 사랑한 다는 것 자체가 어렵다는 것을 수차례 경험한 우리들은 스펙과 조건이 라는 측정 가능한 가치와 사랑이라는 측적 불가능한 감정이 그 어디쯤 에서인가 섞여있다는 것을 어렴풋이 깨닫는 순간을 맞게 된다.

그의 높은 연봉은 앞으로 먹고 살 걱정은 하지 않아도 될 것 만 같은 묘하게 의존적인 기대를 하게 됨과 동시에 그 연봉을 받기까지 회사에 서의 전쟁 같은 경쟁을 잘도 버텨낸 그의 성실함을 인정하고 존경하게 한다. 그의 널찍하고도 승차감이 일품이라는 차가 좋은 점은 "집 밖에 나와 있으면 추우니까 문자 보내면 나와"하며 정확히 도착 1분 전에 연락해서 집 문에서 차 문까지 걸어가는 그 짧은 거리조차 추위에 떨 지 않게끔 하는 그의 자상함도 느낄 수 있기 때문인것이다.

어쩜 조건과 사랑, 그 두 가지는 사랑을 완성하기 위해 필요한 혹은 비 슷한 말일지도 모른다는 생각이 드니, 사람은 이렇게 현명해지거나 늙 어가는가 보다.

자기 전 통화를 하며 회사의 인사이동 이야기를 하다, 그가 또 장난처럼 말했다. "아. 이런 중요한 이야기를 전화로 하다니, 같이 베개 베고 누워서 말해야 하는데 말이야. 빨리 너희 부모님께 인사드리러 가야지."

늘 그 이야기가 나오면 딴청을 피우던 나는 대답했다.

"그래요. 그럼 인사드리러 가요."

그대로 그는 거실로 뛰쳐나가 내 이름을 크게 두 번 외쳤다고 한다.

그의 부모님도 너무나 좋아하시면서 물개박수를 치셨고.

일주일 후, 그는 프러포즈했다.

발렌타인데이
악몽

그는 아침 7시 30분에 출근 버스를 타기 전, 매일 커피 한 잔을 사며 나를 깨우는데 버스가 올 때까지 우린 늘 똑같은 질문과 비슷한 대답을 나누며 편안하게 하루를 시작한다. 그런데 오늘 아침 같은 시간에 전화한 그의 목소리가 좋지 않았다.

왜 그러냐고 묻자 별일 아니라고 했지만 조금 더 캐묻자 그의 어머니가 우리의 궁합을 보았는데 궁합이 안 좋았다는 대답이 돌아왔다.

"엥? 사주를 믿어? 그거 안 맞잖아."라고 묻는 나에게

"그게… 그렇게 간단하지가 않다."하고 풀이 죽은 듯 그가 중얼거렸다.

아니나 다를까 일주일 내내 좋지 않은 기운이 이어졌다.

정확히 말은 안 하지만 그는 밤마다 어머니에게 사주가 얼마나 정확한지와 사주가 안 좋음에도 결혼한 엄마 친구의 이혼한 아들의 망가진 삶에 대해 잔소리를 듣고 있는 듯했다.

사실 묻고 싶은 것도 많고 기분도 썩 좋지않았지만 굳이 캐묻지는 않기

로 했다. 그는 자신의 기분이나 생각을 누구와 일일이 공유하는 타입이 아니라는 것을 알기 때문인데 특히 여자 사람과의 대화는 음식점 이모님과도 어색하다. 이것도 공대 남자라고 이해해야 하는 건가.

그러고 보니 여사친이 없는 남자와 여사친이 많은 남자 중 뭐가 더 좋은 건지 살짝 혼란이 오네.

그 주말은 밸런타인데이였다.

무엇을 사줄까 고민하다가 일주일째 엄마에게 시달리고 있는 그에게 하루라도 편안한 힐링을 선물해 주기로 마음먹고 서해가 보이는 유명한 부티크 호텔을 겨우 예약했다.

밸런타인데이 날.

서해로 가는 길 내내 보이는 하얗고 이쁜 바다에도, 통유리 너머의 노을이 멋진 레스토랑에서도, 그는 왠지 침울한 표정이었다.

저녁으로 나온 비싼 안심 스테이크를 마치 소풍 날 먹은 김밥이 다음날 밥상에 올라온 듯 끼적끼적 대던 그가 "요새 집안 분위기가 안 좋아서 10시에는 집에 들어가야 해."라고 말했다.

세상에. 정말이지. 신데렐라도 아니고 저게 40살 먹은 남자가 할 말인가. 나는 결국 화를 참는 데 실패했다!

어머니가 반대하시는 상황이 얼마나 심각한 것인지를 묻자, 며칠째 머리를 싸매고 누우셨다는 말이 돌아왔고 어이가 없어진 나는 오빠도 사주를 묻느냐고 따졌다. 결국 연이은 질문에 빠져나갈 곳도 없고 할 말도 없어진 그는 어머니한테 충분히 지쳤으니 더 이상 자기를 압박하지 말라며 화를 내기 시작했다.

발렌타인데이. 아름다운 노을이 유명한 호텔 레스토랑에 앉아 우린 큰소리로 말다툼을 하며 주위 연인들에게 민폐와 더불어 재미난 광경을 선사하고 말았다. 서울로 돌아오는 차 안에서도 말 한마디 하지 않은 그와 나 사이에 냉기가 쌩쌩 돌았다.

펑펑 울며 잠이 든 탓에 통통 부은 눈으로 잠이 깬 다음 날.

진정하고 한참을 생각해보니 그도 어머니와 나 사이에서 꽤 힘들 것이라는 애잔한 마음이 들어 전화를 했다. 그런데 웬일. 전화를 받지 않네.

그대로 그는 잠수를 탔다.

잠수 이별이 최악인 이유는 함께 한 시간 모두를 통째로 쓰레기로 만들어버리는 데 있다. 연애 전체를 실패작으로 결론 지어야 하는 것도 모자라 인간으로서의 기본 예의도 모르는 사람을 좋은 사람이라고 착각했던 자신의 눈 낮음도 통렬히 반성해야 하고.

이제 싫어졌다고? 이해 할 수 있다. 사람 마음이란 변할 수 있으니까.

그런데 확실히 헤어지자거나 언제까지 생각할 시간을 달라거나 등의 말도 없이, 왜인지 알 수는 없지만 매우 석연치 않은 분위기를 만들고는 그대로 잠수 타버리는 남자.

우리는 다양한 연애 지침서나 칼럼에서 본 것처럼 그에게 혼자만의 동굴이 필요해서라고 자신을 다독이며 우선은 참아본다.

하지만 내내 기다려도 여전히 연락이 오지 않으면

"내가 이해심이 부족했었어. 생각 정리되면 연락해."하고

조심스레 문자를 넣어보는데,

줄이고 줄인 그 짧은 문자조차도 부담이 될까 싶어 날짜를 체크해가며 며칠에 한 번 보낸다. 그동안의 나의 말초신경은 모두 휴대폰으로 가 있어 잠을 자다 미세한 소리라도 들리면 단박에 깨어 휴대폰을 낚아채는 초능력을 갖게 되기도 하는데,

기대에 부풀어 확인해봤자, 대부분 택배가 발송되었다거나 쓰지도 못할 통신사 멤버십 혜택 문자이거나 최근 가장 화를 돋우는 것 중 하나인 날씨 재난 문자이다.

제길. 나의 재난은 미세먼지가 아니라

이 나쁜 놈의 어처구니없는 잠수라고!

그렇게 피가 마르는 듯한 시간이 지나서도 "생각할 시간이 필요했었어."라며 돌아오는 경우는 그나마 낫다(물론 그것도 별로인 연인이지만). 슬픈 것은 그중 대부분이 그대로 영영 무소식이라는 것이다.

잠수 이별을 하는 사람들의 공통된 변명은 상대방에게 너무 미안하고 상대의 상처받는 모습을 보기가 힘들어서라고 하는데, 천만에! 그들은

힘들어하는 그 모습을 보기 힘든 것이 아니라 자신이 보기에도 나쁘게 비치는 자신의 모습을 보고 싶지 않은 것뿐이다.

어색한 분위기, 화를 낼 것이 뻔한 상대방, 그녀가 울기라도 하면 받을 주위의 시선. 그 모든 것이 두려워 차라리 자기 눈을 감아버리는 것인데, 다른 사람들에게 나쁜 놈으로 비치느니 본인만 아는 자신의 비겁함을 택해버리는 것이 잠수남들이다.

사리 분별이 확실하고 남자다운 성격의 그가 잠수남이었다니.

35살에는 어느 정도 사랑에 도가 틀 줄 알았는데

인터넷 창에 '잠수 탄 남친 돌아오는 법' 따위를 검색하게 될 줄은 상상도 못 했다. 엄마, 어려운 살림에 서울로 대학도 보내주셨는데… 이렇게 모질이라 죄송해요.

알고 보니
중년의 마마보이

다행인 건지 그는 2주일 후에 연락이 왔다.

지옥에서의 2년 같은 시간이었다.

그는 아무 말도 안 한 채 한참동안 커피잔을 우두커니 바라보다가
끝내 결심을 한 듯 입을 뗐다.

둘의 궁합이 너무 나빠 어머니가 여전히 머리를 싸매고 결사반대를
하고 계신다고. 어머니를 설득하고자 점집을 여섯 군데나 더 돌아다
녔는데 하나같이 나빴다는 황당한 이야기도 덧붙였다.

그리고는 짐짓 슬픈 표정을 지으며

"너같이 좋은 사람 죽을 때까지 못 만날 거 알아. 그런데 어머니에게
불효를 저지르고는 평생 행복하게 살 수 없을 것 같아… 우리 헤어지
자."라며 고개를 푹 떨어뜨렸다.

정말이지. 전혀 예상치 못한 뺑 차임이었다.

천하의 몹쓸 잠수남이지만 사실 그가 잠수 타는 동안 지옥을 맛보았던 나는 그를 용서하고 같이 어머니를 설득하겠다는 반전 시나리오를 아무도 모르게 쓰던 중이었다. 그에게 "어머니의 반대는 우리 사이에 주어진 첫 번째 시련이며 사랑을 위해 이 험난한 길을 같이 걷겠다."라는 감동적인 말을 막 하려던 참이었다. 그런데 그의 입에서 헤어지자는 말이 나오자 너무나 실망한 나머지 준비한 말들을 싹 잊어버렸고 대신 그를 노려보기 시작했다.

한참의 시간이 지난 후,

점점 테이블 위로 떨구어지는 그의 숱 없는 머리통에 대고 말했다.

"그래요. 헤어져요. 오빠, 고등학생이에요? 그 나이에 엄마 치마폭에 쌓여서는… 앞으로의 오빠 인생에 여자라고는 엄마밖에 없을 거야."

그렇게 저주를 퍼붓고 당당하게 돌아선 나의 눈에서 눈물과 콧물이 줄줄 흐르고 있었다.

그는 결국 어머니를 설득하고 올 것으로 생각했다.

나를 향한 그의 사랑은 매우 확실한 것이므로 사주라는 확실치 않은 이유로 차버릴 것이라고는 생각지 못했다. 더군다나 그는 친구가 보장하는 비 인기남 모태 솔로가 아닌가.

연하도 아니고 바람둥이도 아니며 남자가 더 적극적이라 완벽해 보였던 이 사랑은 그 단단함이 다이아몬드는커녕 계란 껍질만도 못하여 한 번의 떨굼에 산산조각이 나버렸다. 그는 나를 사랑해서 결혼하고 싶었던 것이 아니라 결혼을 하고 싶어서 나를 찾아낸 것뿐이었다. 사람을 척 보면 아는 현명한 눈을 가졌다는 보통의 30대가, 나는 아닌가 보다.

걷다 보니 마주치게 되는 그와 같이 갔었던 음식점.

라디오에서 흘러나오는 그의 차 안에서 자주 듣던 노래.

가로수 길 카페에서 같이 먹은 달콤한 조각 케이크.

그런 작은 것들 하나에도 마음 아려하고 그 사람을 떠올리는 것이 너무 불공평하고 억울했다. 같은 시간을, 같은 장소를, 같은 날을 보냈음에도 그는 나처럼 힘들어하지 않을 것 같으니까. 이별이 내 힘으로 어쩔 수 없는 것이라면, 이별이 왔을 때 그저 과일을 깎다 살짝 칼에 베인 정도의 아픔만을 느끼는 덤덤한 심장이라도 가졌으면 하고 바랐다.

그러다 문득 깨달았다.

슬픈 영화를 볼 때 감정을 깊게 몰입해 펑펑 우는 사람,

콘서트에 갔을 때 맨 앞자리에서 크게 열광하는 사람은 그렇지 않은 사람보다 더 많은 경험을 가져간다.

그렇다면 사랑도 마찬가지 아닐까.

어쩜 두 사람이 같이 보낸 시간 안에서 더 많이 웃고 울었던 사람은 더 큰 가치를 만든 것일지도 모른다. 함께 한 사랑일지라도 하나하나의 기억들은 오롯이 내 머리와 몸이 느끼는 나의 것이기 때문이다.

우리 주위엔 상처 주지 않을 좋은 남자를 파악하는 법,

마음을 다치지 않게끔 적당히 사람을 사랑하는 법,

그리고 이별의 상처에서 헤어 나오는 법에 대한 이야기가 가득 있다.

하지만 나는 지나간 사랑도 아파해 주고 간직해 줄 이유가 있다고 믿는다. 그의 사랑이 진실했는지는 모르지만 내가 진실했음을 나는 알기 때문이다.

한참 후에 만난 영지에게 그와의 이별에 대해 조곤조곤 이야기를 할 수 있음에, 말하는 동안 내 마음이 예전처럼 마구 찢어지지 않음에, 서서히 그를 잊어가고 있는 것 같다는 기분이 들었다.

그래서 기쁨의 눈물(?) 한 방울이 또르르 떨어졌다.

영지는 미안함에 눈물을 글썽거렸지만.

그녀는 그동안 그런 마마보이인 줄 몰랐다며 쌍욕을 퍼붓는 동시에 "그런 결혼 안 하길 다행이야!"라고 외쳤다.

참나, 결혼 안 해서 다행인 남자가 대체 몇 명인 건지….

그래도 마음의 상처가 사우나 모래시계의 모래알처럼 서서히 하지만 분명히 줄어들고 있음을 느끼는데 그 매일의 변화 과정은 이렇다.

─아침에 일어날 때 '오늘은 눈을 뜨자마자 그의 생각이 안 났어.'라며 다행이라고 느낀다.(제길, 그의 생각은 그렇게 시작된다.)

－점심때 밥을 먹다 '오늘 오전도 어제보단 덜 생각한 것 같아.'하며 안도한다.(또 그를 생각… 아니 저주한다!)

－그러다가 왜 내가 아직도 그의 생각(욕)을 하고 있을까를 생각하고 그 생각의 생각은 결국 온종일 이어진다.(내가 이다지도 엄청난 집착을 가진 여자였다니.)

이제 만났던 날보다 더 긴 시간이 지나가고 있는데 여전히 그를 떠올리지 않은 날이 없다. 이럴 수가. 정말 그를 잊고 있는 것이 맞기는 한 걸까. 이러다 십 년 후에도 그의 생각을 십 년 전보다 조금 덜 했다고 생각하는 건 아니겠지.

마음이 어떻게 변해가고 있는지 알 수 있는 마음 측정계가 있다면 얼마나 좋을까. 조금이라도 그를 잊어가는 방향으로 변해가고 있다면 하루를 버티는 것이 더 쉬울 테니. 영지에겐 말하지 못했지만, 그 쓰레기 같은 마마보이가 여전히 보고 싶다. 그건 당연한 것이라고 느낀다. 항상 보던 사람인데 갑자기 못 보게 되니 그리워하는 것은 너무나 당연하다.(물론 당당하게 말은 못 하지만.)

최고의 소개팅 주선자로서 자존심에 큰 상처를 입은 영지는 끝까지 나를 책임지겠다며 갑자기 다른 소개팅을 들고 왔다.

하지만 상대방의 사진을 물끄러미 쳐다볼 뿐 내켜 하지 않는 나에게 "별로야? 이 남자, 배는 나왔지만 그래도 머리숱은 많은데….

근데 너 설마 그 오빠 못 잊었어?"라고 물어본다.

그 말이 왠지 비난조로 들려 나는 그렇다고 말할 수도, 아니라도 말할 수도 없었다. "그런 쓰레기 그만 잊고 좋은 사람 만나야지. 그래야 빨리 결혼하지. 소개팅 또 해!"

그녀는 정말 모르는 걸까? 그를 아직 잊지 못하는 이유는 그럴 가치가 있는 좋은 사람이라서가 아니라 그를 생각하면 아직 심장이 찢어질 것 같아서이므로 나의 의지는 상관이 없다는 것을.

슬플 땐 슬퍼하는 사람이 되고 싶다.

어떤 날은 그와의 즐거운 기억을 떠올리고는

'그래. 그는 돌아올 거야.'라며 휴대폰을 수시로 들여다보고

어떤 날에는 아무 연락도 없는 차가운 그를 욕하며 화를 내겠지.

그렇게 매일 차오르는 감정의 혼란스러움을 안고

하루하루 조금 더 지내다 보면

그를 점점 덜 사랑하게 될 것이다.

그리고 어느새 그를 생각하지 않는 날이 올 것이다.

4부

너덜너덜

이어붙인

썸 패치워크

중년 마마보이와의 이별 말고도 한 가지 더, 10년째 다니고 있던 회사도
이래저래 나를 지치게 만드는 것 중 하나였다.

나는 규모가 꽤 큰 패션 회사에서 디자이너로 일하고 있었는데 당시 과
장급 담당자가 필요하다는 요청에 부응해 새로 런칭하는 신규 브랜드로
옮기게 되었다. 회사의 중요한 시작에 내가 필요하다는 사실은 기분 좋
은 책임감과 뿌듯함을 느끼게 했기에 밥 먹듯이 하는 야근에도, 컨설팅
때마다 잡히는 주말 근무에도 큰 불평이 없었다. 뒤늦게 깨달은 사실이
지만, 아마 난 일방통행으로 회사를 짝사랑하고 있었던 모양이다.

옮기기 바로 전에 담당하고 있던 브랜드가 대박 매출 성과가 났고 나의
후임이었던 후배에게 특진이 돌아갔다. 나에게 돌아온 것은 똑같은 월급
과 노처녀 과장이라는 변함없는 타이틀뿐이었다.

'후배를 사랑하는 대인배가 되자.', '제발 꼰대가 되지 말자.'라고

마음속으로 계속 되뇌었지만

대박 상품 중 상당수가 전년도에 준비한 나의 결과물들이었으므로 솔직히 매우 억울했고 밤마다 건강에 좋다며 한 잔씩 마시기 시작한 와인을 한 병씩 마셔대는 날들이 계속됐다. (그런데 한 잔의 와인이 건강에 좋으면 한 병의 와인은 매우 더 좋아야 하는 것 아닌가? 인체의 신비란 참 알다가도 모르겠네.)

그렇게 후배보다 낮은 연봉으로 자존심에 상처를 입고 나서야 그동안 거들떠보지도 않던 다른 회사들에 입사지원서를 내려니, 여러 이유로ー연봉이 맞지 않는다거나 현재 팀장이 나보다 나이가 어려서ー잘 성사되지 않는 믿기 힘든 현실도 마주하게 돼버렸다. 이 고민을 지난 대학 동기 모임에서 했더니 L 전자에서 요즘 잘 나간다는 친구 하나가 위로했다.

"어휴. 어쩌냐… 그래도 진짜 마음에 드는 사람은 다 뽑던데~"

그래. 그렇게 잘 나간다니

이제 곧 회사에서도 나가게 될 것이다. 너! 는!

100년을 일해도 갚지 못할 어마어마한 빚이 있는 것도, 10년간 뒷바라지한 애인이 결혼식 전날 도망간 것도 아닌 그저 누구나 다 겪는 승진 누락을 겪고 있을 뿐인데, 그 대단하지도 않은 보통의 힘든 일은 매일 밤 자기 진화의 과정을 거치더니 난 인생을 헛살았고 앞으로도 쭉 헛살게 될 것이라는 우울한 이웃 감정을 만들어냈다.

지난 10년간 꼬박꼬박 들어오는 월급, 익숙한 동료들이라는 현실에 만족해서 내가 걷고 있는 길이 꽃밭인지 똥 밭인지도 모른 채 주구장창 한 회사에 있었고 남들이 이직해서 연봉을 높이고 커리어를 더 만드는 동안 나는 그냥 종갓집 된장처럼 묵혀지고 있었다.

충분히 많은 것을 하고도 남을 나이가 된 것 같은데 26살 때랑 똑같이 그냥 회사원이다. 지금 마포대교에서 뛰어내려도 내일 아침 포털 사이트에는 ○ 기업에 다니는 36살의 윤 과장이라고 뜰 테니. 10년 동안 나는 26살의 신입사원에서 36살의 과장이 된 것뿐이었다.

그리고 회사에서 근 10년을 같이 일한 친한 부장님.

그분의 처지를 보고 있으면 '나도 곧 그렇게 되겠지.'하는 마음에 서글퍼졌다. 20년째 근무 중인 그분은 굵직한 브랜드들을 초창기부터 만들어 키웠고 여전히 트랜디한 감각을 유지해 많은 후배의 직장 내 멘토로 불린다. 일만 잘하시는 것이 아니라 공감 능력도 뛰어나 후배들의 출산이나 직원들의 생일, 결혼기념일까지 챙겨주는 인간적인 매력이 철철 넘쳐나는 분이다. 하지만 개인의 탁월함도 새롭게 변하는 거대 시스템 앞에서는 이러지도 저러지도 못할 골치 아픈 옛것이 되고 마는 것 같다.

지난해 또래의 높은 분들은 거의 반강제로 퇴직을 해야 했던 살벌한 구조조정에도 실무 감각이 여전한 부장님은 살아남으셨다.

다만 예전의 디자인 팀장이 아닌 디자인 역량 개발 부서라는 매우 낯선 이름을 가진 부서의 유일한 팀장이자 팀원으로.

부장님은 그곳에서 브랜드 실무자들의 디자인 컨펌을 해주시는데 문제는 컨펌을 받으러 가는 사람이 거의 없고 가더라도 컨펌을 받는 것이 아닌 '이렇게 하겠다.'라는 통보를 하러 간다는 데 있다. 처음 발령을 받았을 땐 최신 디자인 트렌드를 공부하며 새로운 임무에 대한 열의를 불태웠지만 이내 찾아오는 사람이 거의 없다는 것을 깨닫게 된 부장님은 어쩔 수 없이 오전에는 온라인 쇼핑사이트의 장바구니에 물건을 가득 담고 퇴근할 때쯤엔 그 장바구니를 비우며 시간을 보내서야 했다. 늘 앞에서 멘토라고 칭송하던 부하직원들도 존경하는 멘토와 밥 먹기는 부담스러운지 종종 점심시간에 찾아가면 혼자 컴퓨터 앞에 앉아 김밥을 드시는 모습이 왠지 울컥하다.

누구나 직장 내 촉망받는 인재에서 나이 든 월급 도둑이 돼버린다.

오롯이 자기의 능력과 노력으로 인정받고 성취할 수 있는 직장이 있을까? 먹던 새우 맛 과자의 남은 가루를 입안에 부으려 봉지 끝을 뾰족하게 만들며 중얼거렸다.

'진짜 어떻게 살고 싶은 거지? 어떻게 해야 하지?'

고민 끝에 생각한 것은 한 살이라도 젊을 때 새롭게 시작해야 한다는 것이었다. 회사에 다녔던 성실과 열정을 나의 사업에 쏟아붓는다면 잘 될 것이라고 믿는다.

혹시 잘 안 돼도 그건 나의 능력 부족이지

억울하고 불공평한 결과는 아닐 것이고.

그렇게 지금 정채와 하는 이 디자인 회사가 겁도 없이 시작되었다.

달린다.
대자로 누워서!

나는 달린다.

월요일 오전 8시 30분.

확실한 방향성을 가지고 땀나게 달리고 있는 이곳은

하얀 벽지가 군데군데 벗겨진

6평 남짓한 방 안의 회색 격자무늬가 그려진 이불 속.

그렇다. 사실 나는 드러누워 있다.

보통의 사람들이 한 주의 시작이라는 부담을 온몸으로 느끼며 일주일을

시작하고 있을 월요일 오전에 몹시도 게으르게 대자로 누워있는 중이다.

그럼에도 나는 '달리고 있다.'라고 당당히 주장하는데,

왜냐하면 나아가고 있기 때문이다.

회사를 그만둔 지 5개월째.

알람이 없이도 저절로 눈이 떠지는 늦은 오전에 일어나 느긋하게 아침

을 먹고 FM 라디오를 들으며 오전 시간을 보내는 나는 사업자등록증을 갖고 있는 CEO지만 벌이가 없으니 사실상은 백수다.

하지만 놀겠다고 스스로 마음먹는 것은 아무 생각 없이 일하는 것보다 더 어려운 일임을 나는 이제 알고 있다.(친구들에게 말했을 때 멋있다고 칭송받은 말이다!)

매일 숨차게 제자리 뛰기하는 것보다 한 발자국이라도 느리게 떼는 것이 더 나아가는 것임을 의심치 않는다.(퇴사한다고 부모님을 설득했을 때 써먹었는데 등짝만 한 대 얻어맞은 말이다!)

월요일 오전 9시.

이제 카페인으로 정신을 차려볼까 하는 생각이 슬쩍 들어 잔잔한 무늬가 그려진 회색 이불을 말끔하게 개는 것으로 오늘의 달리기를 시작한다.

미세먼지
많은 날의 아침

어찌 보면 사랑은 마치 미세먼지 많은 날의 아침과 같다.

오늘 아침, 일어나 습관처럼 창문을 열었다.

아침에 환기를 시키는 건 유치원 때부터 들어오던 그 날의 할 일 중 하나이니까. 그런데 창문을 열자 느껴지는 건

더 답답하고 먼지 가득한 회색빛 뿌연 공기.

부랴부랴 공기청정기를 튼다.

괜히 창문을 열고 미세먼지를 마시고 공기청정기를 틀고.

처음부터 창문을 안 열었으면 될 텐데 말이다.

이걸 사랑에 적용해보자.

애당초 누군갈 좋아하지 않으면

상처받지 않고 마음이 고요한 날들을 지낼 수 있겠지.

열심히 일하다 퇴근해선 늘어진 티셔츠를 입은 채로 맛있는 라면을 끓

여 먹거나 복실한 고양이를 만지며 지친 하루에 위로도 받고 말이다.

그런데 굳이 누군가를 사랑해야 한다는 이 출처도 모르는 믿음으로 관계를 만들어서는 그에 따른 온갖 상처를 견뎌야 한다. 그러고 보면 남녀 간의 사랑이라는 감정은 그 가치에 비해 조금 과대평가된 것이 아닐까 싶다. 그 감정의 파장이 너무나 크고 달콤하기에 쉽게 우리의 하루를 흔들고 인생의 방향을 지배하곤 하지만, 그 본질과 결과는 그다지 순수하지도 영원하지도 않은 것 같으니까. 아침마다 창문을 열어 상쾌한 공기를 들어오게 하는 것이 이제 옛말인 것처럼 사람이 꼭 사랑해야 한다는 것도 업데이트돼야 할 생각 아닐까.

이럴 수가… 난 이제 엄청나게 시니컬한 싱글이 되어가나 보다.

사람들은 30대 중반까지 결혼을 안 한 여자들에게(그 여자가 나름 멀쩡해

보일 경우) 문제점은 하나라고 말한다.

바로 쓸데없이 눈이 높아서라고.

그래서 그들은 소개팅을 시켜줄 때 남녀의 나이만 맞으면 일단 들이 밀

어보고, 혹시라도 잘되지 않을 때는 '아직도 정신 못 차리고 눈이 높네.'

하며 단정 짓곤 한다. 우리 나이의 여자들에게 이성에 대한 취향이란 가

져서는 염치가 없는 것이 된 것이다.

어휴. 취향은 개뿔!

난 적어도 그냥 키스는 할 수 있을 정도의 남자와 연애하고 싶을 뿐이다.

그 키스를 할 수 있을 정도의 남자 레벨이란 그다지 높지도 않아서

실제로 그동안 연애한 사람들이 전부 멋진 사람들도 아니었고.

지난번 중년 마마보이에게 어이없게 차인 후 부모님은 나를 많이 걱정하셨다. 딸의 미래가 걱정되어 잠도 안 오신다는 엄마는 몇 달이 지나자 어떤 행동에 돌입하셨는데, 고향에 아는 사람들은 죄다 동원해 여기저기 얼굴도 모르는 남자들을 알아 오기 시작한 것이다.

대개 내게 이런 식으로 전화를 하셔서 말을 꺼내신다.

"엄마네 아파트 상가에 있는 옷가게 주인의 엄마의 친구 아들, 아직도 장가 안 갔다네." 지난번에 엄마는 택시를 타고 가시다 그 몇 분 되지도 않는 시간 동안 기사님 아들의 연락처를 받아오시기도 했다.

알지도 못하는 사람과의 선이라면 잘되지 않을 확률이 매우 높다는 것을 몇 번의 경험으로 잘 알고 있지만, 부모님을 생각하면 '그래도 만나는 봐야겠지.'하는 생각이 든다. 어쨌든 난 대한민국의 평범하고 맘 약한 막내딸이므로 늘 좋은 사람 만나기를 기도하시는 부모님의 염원을 싹 무시하진 못하겠으니 말이다. 그래서 엄마가 소개해 주신 아파트 상가 옷가게 주인의 엄마의 친구 아들과 형부의 대학교수님이 괜찮다고 하셨다는 연하의 공무원을 모두 하겠노라 했다.

좀 이해가 안 가긴 했다.

그래서 형부의 대학교수님이 소개해준다는 4살 연하의 공무원이 진짜 소개팅을 하겠다고 한 건지 언니에게 여러 번 물어보았다. 형부 말에 의하면 직업도 좋고 인물도 괜찮다는 그 연하남이 왜 굳이 소개팅을 연상과 하겠다는 것일까.

그와 만난 날.

놀랍게도 그는 괜찮았다.

배도 나오지 않았고 머리숱도 많았고 웃는 모습도 나름 귀여웠다.

그도 날 보았을 때 표정이 꽤 좋았음이 사실이다.

"사진보다 훨씬 미인이시네요." 하고 훈훈하게 시작한 대화도 내내 화기애애했다. 그렇게 한참을 이야기하다 알게 되었다.

나를 4살 연상이 아니라 1살 연상으로 알고 소개팅에 나온 것임을.

그는 잠시 말을 잃었지만

"어휴. 그렇게 안 보이시는데, 정말 동안이시네요."라고 재빠르게 대처했다. 예의도 있고 순발력도 있는 공무원 청년이네.

난 "형부가 나이를 잘 몰랐나 봐요."라고 말하며 나이를 속여 선 자리를 만든 가족 사기단처럼 보이지 않도록 연거푸 죄송하다고 말했다.

진짜 창피했다.

잠시 후에 그 남자는 정말 신기한 듯 물었다.

"그런데 왜 아! 직! 도! 결혼 안 하셨어요?"

하아… 이 대답엔 어떻게 대답해야 하는 걸까?

그게 얼마나 바보 같고 의미 없는 질문인지

똑똑하다는 남자가 왜 모르지.

글쎄… 여보세요. 정말 알고 싶으세요?

솔직한 대답을 원하신다면,

"그게 말이에요. 결혼하기 딱 좋은 나이에 만난 연하의 남자는 결혼하자고 했더니 도망갔고요. 그 다음 남자는 남자 쪽 엄마가 사주보시더니 머리 싸매고 반대해서 도망갔어요."라고 대답할 텐데, 그 분위기 뒷감당하실 수 있겠습니까?

아니면 그냥 쑥스러운 듯 웃으며 "그러게요. 인연이 닿지 않았나 봐요."라고 말한다면 그게 사실이겠습니까?

집에 와서 부모님께 이 민망한 만남에 대해 말씀드리자 두 분 다 혀를 끌끌 차시며 형부를 원망하셨다. 그러자 처제의 나이도 잘 모르는 둔감한 형부는 "아. 그래? 처제가 벌써 36살이야? 어휴 그래도 처제 동안인데~ 그래도 일단 만나서 마음에 들었으면 연락하겠지~" 하며 자기의 실수를 얼버무렸다. 결국은 나이가 문제가 아니라 매력이 없어서 잘되지 않았다는 씁쓸한 분위기가 조성되었으니

이것 봐라. 형부. 둔감한 게 아니라 완전 고단수셨네.

직접 아시는 사람들에게선 더 이상 선 자리가 없다며 엄마의 아파트 상가 옷가게 주인의 **80**대 엄마의 친구 아들까지 나의 소개팅은 넘어갔다. 그리고 그 나이대의 할머니들이 해주시는 소개팅엔 정확한 정보가 없다.

"서울에서 사업을 하는데 돈을 엄청 번 대."

"그 아버지가 공무원이라 노후 걱정이 없다네."

끝!

돈 잘 벌고 부모님 노후 걱정도 없다는 조건은 엄마들에게 더할 나위 없이 좋은 조건이었기에 정작 그 남자를 전혀 모름에도 불구하고 엄마는 몹시 기대하시는 듯했다. 사실 소개팅은 장소부터 이상했다.

남자의 회사가 있는 강남에서 저녁 7시에 만나기로 했는데,

하루 전 그 남자가 보내온 장소는 강남역 바로 앞 커피숍.

7시에 웬 커피?

흠. 바로 밥을 먹긴 좀 어색해서 예의를 차리느라 그런 것이겠지?

저녁 시간의 프랜차이즈 커피숍은 젊은이들로 복잡스러웠고, 먼저 온 내가 주문을 하다 말고 주문 카운터 앞에서 선 채로 하는 우리의 첫인사는 누가 보아도 소개팅이었기에 참 민망스러웠다.

소개팅에서 가장 싫은 순간이 바로 이 뻘쭘하고 적나라한 첫 만남이다. 더군다나 그는 나이를 숨긴 것이 분명하다.

받아본 사진에선 평범한 42살로 보였는데

소개팅에 나온 건 그를 똑 닮은 아버님이었다.! 윽.

자몽에이드와 카페라테를 시키고 자리를 잡은 우리는 어색한 대화를 시작했다. 워낙 아무 정보 없이 만난 터라 꺼내는 말들도 주위에서 누가 들을까 봐 창피한 수준인 것이,

"대전 분이신 거죠?"

"네."

"거기 옷가게 아주머니가 소개해줬다고… 어떻게 아는 사이에요?"

"아, 엄마가 거기서 옷을 사신 것 같은데…."

옆 테이블의 조카뻘로 보이는 여자 3명이 대화를 멈추고 우리를 보며 쑤군대는 것 같아 얼굴이 달아올랐다. 그리고 이어지는 영혼은 없고 침만 마르는 질문들.

(나) "주말엔 주로 뭐 하세요?"

(그) "청소하고. 영화도 보고요…."

(나) "아. 영화 좋아하세요? 최근에 재밌게 보신 거 있으세요?"

(그) "아…. 그… 음… 그… 〈아저씨〉 영화 그거 재밌더라고요."

세상에, 몇 년 동안 노벨과학상이라도 받을 만한 연구를 하셨나.

언제 적 〈아저씨〉인 거지.

당황스러웠지만 침착하게 원빈이 머리 깎는 장면으로 맞장구를 치다가 이번에는 좋아하는 가수를 물었다.

(그) "아… 예전에는 〈뉴 키즈 온 더 블록〉 좋아했어요."

(나) "…."

그는 이번엔 도저히 맞장구칠 수 없는 난이도 최상급인 대답을 했다.

뉴 키즈 온 더 블록이라면 초등학교 때 롤라장 가서 많이 들었는데….

정말 순식간에 과거를 소환하는 미스테리한 남자였다.

모든 이야기는 질문과 대답.

또 다른 질문과 대답이었을 뿐 당최 이어지질 않았다.

그 남자분은 정말 무향, 무취, 무매력의 3종 종합세트였다.

아, 한 가지 향이 있다면 모든 것이 20년 전 대학 시절에서 멈춘 90년
대 레트로 향 정도 되겠다.

한 줌의 쌀을 불리고 불려 10명이 먹을 죽을 만들어냈다는 보릿고개
시절의 엄마들처럼 나는 밑천도 별로 없는 이야기를 꾸역꾸역 만들어
떠들어댔다. 한참을 이야기하고 있자, 그 남자는 나를 쳐다보며 "참 밝
고 활동적이신 것 같아요."라고 했다. "당신이 지나치게 어둡고 비활동적
인 것이 아니고요?"라고 묻고 싶었지만 그냥 애매하게 웃었다. 잘 된다
는 사업은 알고 보니 형의 사업이었는데(할머니들의 감사한 정보력이라니)
그래도 형 회사다 보니 잘릴 걱정이 없다고 자랑스럽게 말했다.

조그마한 연결점이라도 있으면 끄집어내어 이야기를 이어나가려고 애

쓴 치열한 노력 끝에, 슬쩍 시계를 보니 믿을 수 없게도… 겨우 40분이 지났다.

맙소사. "저녁은 드셨어요?"라고 그 남자가 물었다.

벌써 8시가 다 되어가는 시간이었다.

"아니요, 아직 안 먹었어요. 식사하고 오셨어요?"

"아니요, 저도 아직. 배고프시겠네요…. 실은 회사 후배가 요새 여자분들은 처음 만날 때 밥 먹는 걸 부담스러워한다고 해서 커피숍에서 만나자고 한 거예요."

"… 아. 네… 괘… 괜찮아요."

아마 어디서 비슷하게 상처 많은 모태 솔로 후배의 충고를 듣고 왔나 보다. 그 후배에게 소개팅이 7시인 건 말해줬는지 묻고 싶었지만, 배가 고파 말할 기력도 없었다. 이제 더 이상 마실 것도 없어 보이는 라테 잔을 남자는 180도 꺾어 뒤로 젖혀서 커피 거품을 마시기 시작했다.

결국 거품이고 뭐고 아무것도 나오지 않자 뻘쭘해진 그와 나에게 슬슬 일어날 준비를 하는 일만 남았다. 카페 문을 나와 긴 계단을 걸어 내려오는 중간에도 그는 저녁 먹으러 가자고 말하지 않았다.

강남 길거리 한복판에서 끝내 발걸음이 길을 잃은 나는 그 남자를 돌아보며 "전 2호선 탈건데, 지하철 타시나요?"라고 씩씩하게 물었고

그 남자는 "아, 전 회사 좀 들렀다 가려고요."라고 했다.

90도로 배꼽 인사를 하고 지하철을 타러 들어가는 길.

너무 황당해서 웃음이 실실 났다.

아. 이제 하다 하다

저렇게 아버님 같은 남자에게도 까이는 신세가 된 건가….

집에 도착하니 9시.

애정하는 컵라면에 그날따라 쓰디쓴 맥주를 들이켜고 있는데

문자가 띠링~ 왔다.

"잘 들어가셨나요? 아까 식사도 같이하지 못해서 너무 마음이 안 좋네요. 괜찮으시면 이번 주말에 같이 식사하시겠어요?"

진짜, 이 남자가 장난치시나.

마치 밥도 안 먹고 돌려보낸 것이 본인은 무척 원했지만, 거기에 견우

와 직녀 같은 애달픈 사연(모태 솔로 후배의 충고?)이라도 있는 듯 말하는

것이 짜증이 나서 "꺼. 지. 세. 요." 라고 보내고 싶었지만,

대전의 엄마 얼굴을 떠올리며

"괜찮습니다. 수고 많으셨어요. 쉬세요."하며 정중히 문자를 보냈다.

오늘 정말 효도의 날이다.

그리고 며칠 후, 새벽 1시에 뜬금없이 문자가 왔다,

"저는 미나 씨가 참 마음에 들었는데… 다음부터 마음 없으면 사람 착각

하게 그렇게 웃지 마세요. 스펙 좋은 것 알고 있지만 저도 조건 좋은 남

자입니다."

아하하하. 믿기지 않아 그 문자를 읽고 또 읽었다.

아무 생각 없이 길을 걷는데 옆집에서 갑자기 튀어나온 아줌마가 나에

게 걸레 빤 구정물을 부어버리면 이런 기분인 걸까.

어휴. 잘 모르는 소개팅을 덥석 한 내 죄지. 내 죄.

그래도 다행이다.

엄마는 밥도 안 사고 내뺀 데다 뒤늦게 진상 문자를 보낸 그 남자에 대해 분개하셨고 세상엔 찐따만 남은 것이 분명하며 그런 모태 솔로 찐따남을 봉양하며 사느니 혼자 재미있게 살겠노라는 나의 말에 더 반박하지 않으셨다.

설마 그 결혼 안 하고 남아있다는 찐따 그룹에 막내딸이 속한다는 사실을 이제 눈치 채신 건 아니겠지….

뒤통수를 치는
슬픈 깨달음

참 이상도 하다.

소개팅만 하면 주위에선 쉽게 찾아볼 수도 없는 구제 불능 상태의 남자들이 대거 출동한다(소개팅만 하면 구제 불능 여자들도 잔뜩 나오겠지만 나는 내 이야기만 하련다).

재미없고 취향 없고 실낱같은 센스도 없는.

인간적으로 사람이라면 어떤 작디작은 매력 하나 정도는 갖고 있지 않나. 유머가 있든지 근육이 있든지, 하다못해 웃을 때 덧니가 귀엽기라도 하던지. 그 매력이란 것이 뚝배기와 같아서 오랫동안 지켜봐야 안다면 할 말은 없지만 소개팅에서 보글보글 뚝배기를 끓일 시간은 없단 말이다.

남들에게 욕을 한 바가지 얻어먹을지언정 말하고 싶다.

"저기요 소개팅남들. 저도 그다지 잘 난 건 없지만 그래도 님들을 만나기 위해 밤마다 마사지 팩도 붙이고 헬스도 다니고 이런저런 노력을 하고 있답니다. 최소한 누굴 만날 생각이 있으시다면 외모도 좀 가꾸시고 최신뮤직 best 100이라도 들으세요. 4대 보험 되는 회사만 다니면 조건 괜찮은 남자입니까?"

어쩜 이럴 수가 있냐는 나의 푸념에 결혼한 친구는 한숨을 쉬며 말했다. "어휴. 그러게…. 그런데 야! 남자가 매력 있었으면 진즉 갔겠지~ 2번 갔겠지!" 아…. 큰 깨달음이 뒤통수를 치며 다가왔다.

나는 이제 매력 없는 노총각과 그나마 매력이 있었던 돌싱 중에 선택해야 하는 거구나. 뭐. 어찌 보면 나 역시 돌싱이나 10살 이상 많은 남자 등은 데이트 가능상대로 올려놓은 적이 없었으니 연애 가능 스펙트럼이 그다지 넓지 않은 것은 사실인 것 같네.

남한테만 오픈 마인드를 가지고 편견의 눈을 버리라고 했지 굉장히 편협한 조건 안에서 남자를 찾았던 것이다.

결혼이 아니라 연인을 찾더라도 조금 더 가능성의 기준을 열어둔다면 마음에 드는 매력 있는 사람을 만날 수 있겠지?

10살 이상 많거나 어리거나, 돌싱이거나 혹은… 여자이거나 등등 말이다.

미국 드라마 〈모던 패밀리〉의 주인공들이 그렇게 행복해 보이는 건 30살 차이라는 할아버지 남편이라던가. 게이 커플이라던가 하는 평범하지 않은 관계에도 사랑을 최우선으로 둬서가 아닐까.

물론 오늘 이 생각은 엄마에게는 비밀이다.

주부들의 손이란 꽤 매운 법이니까.

적극적인
여자가 되겠어

요즘 들어 좋은 것.

그 중년마마보이를 완전히 잊은 것.

좋지 않은 것.

쉽지 않은 또 다른 사람을 생각하는 것.

어쩌면 쉽게 사람을 좋아하고 가능성이 없어도 다가갔다 채이고

계속 그리워하는 것은 내 처절한 숙명인가 싶다.

30살이 넘어서는 참으로 일관성 있게 이러고 다니니 이제는 하나의 검증된 이론으로 불릴만한 것 아닐까.

친구들에게 소개팅 이야기를 들려주면 웃긴다고 깔깔 웃는 친구들도 있지만 갑자기 주임 선생님 같은 진지한 표정을 짓고는 "야, 아직도 매력을 찾니! 원래 결혼은 매력 없는 사람하고 해야 걱정 없고 행복한 거야."라고 말하는 친구도 있다.

무슨 말인지 대략은 알겠으나

"그래서 그게 네 행복한 결혼생활의 비결이야?"라고

정확히 물어보기엔 나는 너무 예의 있는 여자다.

그런데 매력 없는 남자와의 결혼 생활은 왜 군이 해야 하는 거지?

어찌 됐건 아무런 끌림도 매력도 없는 남자들과의 연이은 소개팅 실패 후, 내 남자는 내가 찾아야겠다는 적극적인 마음이 생겼다. 사실 누군가를 만날 때 먼저 들이댄 적이 없었고 돌다리를 너무 두드리다 발 한 짝도 못 뗀 인연도 좀 있었으니까.

사람들을 많이 만나려면 동호회에 가입하라는 권유에 따라 이런저런 모임을 알아보던 중, 스포츠 종류가 재밌을 것 같아 볼링 모임을 나가기로 했다. 15년 전 대학교 볼링 수업에서 A를 받은 경험도 있고(15년 전에 배운 것도 몸이 기억하고 있겠지? 인체는 신비하니까).

볼링 동호회의 뒤풀이 술자리(어떤 동호회건 마지막이 술인 건 불변의 진리)에서 내 옆자리에 앉아 알게 된 남자 Y.

그는 15년 전의 볼링경험을 몸이 기억하리라는 믿음 하나로 무작정 레인에 올랐다가 연거푸 거터에 볼을 빠뜨려 52점을 맞은 후, 창피함에 구석에 앉아 소주를 마시던 내게 '볼링 좀 배우셨나봐요. 포즈가 진짜 좋으시던데요'라며 기분을 풀어준 남자다.

그가 2차를 가기위해 자리를 이동하던 중 따로 커피나 마시자고 제안해왔고 늦은 시간까지 둘이서 많은 이야기를 하게 되었다.

그는 아는 형이 모임장인 이 볼링 모임 때문에 부산에서 종종 올라온다고 했다. 서글서글하고 애교 많은 성격에 좋아하는 소설 몇 개도 겹쳐서 마음에 들었다. 훗. 그동안의 연애 휴작기에 연애 블로그를 엄청나게 읽으며 스킬을 키우길 잘했지.

30대 중반이 넘어가면 남녀가 서로 적극적이어야 연애가 잘 된다는 조언에 따라 그에게 호감 표현을 적극적으로 했고 그날 이후로 우리의 연락은 롱디임에도 잘 이어졌었다. 그런데… 그렇게 노력했는데….

일정 시간이 지나자 이상하게도 진도가 잘 나가지 않고 있다.

수시로 깨톡~ 하고 울리던 메시지는 이틀에 한 번으로, 흔한 안부 인사에도 관심을 보이며 이어지던 대화창에 "ㅇㅇ"라는 암울한 대답이 등장했다. 실망스럽지만 그와의 관계에 알 수 없는 시들주의보가 내려졌음이 분명하다. 하지만 오랜만에 만난 마음에 드는 남자이니 이대로 포기하지 않고

인생 처음으로 적극적이고 뜨거운 여자가 되어보기로 하겠다!

경보음이 분명한 시들주의보에도 포기하지 않고 적극적인 여자가 되려
는 결정적인 이유는 집 근처에 사는 친구 석진에게 이 미적지근한 썸에
대한 조언을 들어서이다.

석진에게 창피함을 무릅쓰고 상담을 한 것은, 그 역시 꾸준히 연애는 하
지만 결혼은 하고 싶어 하지 않는 데다 주위에 친구 여자가 많아 Y와 공
통점이 상당히 많기 때문이었다.

"너를 찔러보기만 하고 더 다가오지 않는 거? 난 그 남자가 이해되는데."

"정말? 다른 애들은 어장이라고 연락 다 끊으라던데…"

"어장일 가능성도 있지. 그런데 그 남자는 지방에 살기 때문에 진지한 관
계로 발전하는게 두려 울 수 도 있어. 일단 그 장거리가 문제 되지 않을
만큼 친해져 봐봐"라고 석진이 말했다.

"흐음. 좀 새로운 답변이네. 실은 다다음 주에 부산에 갈 일이 있긴 하거

든. 그거 이야기했더니 놀다가 자기네 집에서 자고 가라고 농담처럼 말하던데… 그래도 될까?"

"오. 좋은데~ 가 봐. 가서 밤에 술도 마시면서 좀 친해져 봐~"

"그러다가 뭔 일 나면?"

36살이나 먹은 내가 우물쭈물하며 물어보았다.

"만약 진짜 친구라고 생각한 거면 아예 건드리지도 않고 잘 거야. 그렇게 나쁜 남자 아니라며! 그리고 만약 스킨쉽하게 되면, 너만 괜찮으면 하는 거지."

"그럼 둘 사이 관계만 망치는 것 아냐?"

"야. 어차피 지금도 아무 사이 아니잖아? 어떻게 될지도 모르는데 자꾸 미리 계획하지 말고 그냥 상황 흘러가는 거 봐~ 그리고 오히려 같이 있을 때 감춰뒀던 속마음도 이야기하고 그가 어떤지 더 잘 알 수도 있어."라는 내 마음에 쏙 드는 조언을 해주었다.

그렇다.

친구 남자의 조언 하나에 안 가도 그만인 출장을 핑계 삼아 그를 만나러 부산씩이나 가기로 한 것이다.

우리는 나의 오전 볼일이 끝나는 토요일 1시에 만나기로 했다. 마침 그는 오후에 회사 동료의 결혼식이 있어서 잠시 들를 예정인데 같이 가자고 한다. 앗. 결혼식이면 친구들도 올 텐데… 옷 뭐 입고 가지?

연애 준비
리스트

2주 전

잠시라도 결혼식에 가야하고 그때 그의 친구들을 볼 수 도 있으니 청바지를 입을 순 없다. 급하게 옷장을 뒤져 작년에 애정했던 미니 스커트를 찾았다.

그리고 들여다본 거울 속에서…

겨울 동안 잊고 지냈던 운동선수 급 근육덩어리 종아리를 다시 만나게 되었다. 대학교 1학년 때, 당시 남자친구는 내 종아리를 바라보다 뜬금없이 해맑은 얼굴로 "어렸을 때 육상선수였다고 했나?"라고 물었고 나는 "나 100m 21초인데?"라고 대답했었지.

다음날.

조금이라도 종아리 근육을 줄이고자, 보톡스를 맞기로 하고 친구가 추

천해 준 병원에 갔다. 보톡스를 맞기 위해 침대 위에 엎드려 있자니 의사 선생님은 한참 동안 내 종아리 구석구석을 조심스럽게 만졌다. 그리고 "무슨~ 운동하세요? 흠. 보톡스 양이 좀 모자라겠네."라고 자신감 없이 중얼거렸다.

아오. 창피해.

1주 전

마사지 샵에 가서 얼굴에 나고 있는 뾰루지들을 짜고 각질을 제거했다. 뾰루지가 가라앉으려면 일주일은 걸리니까. 난 계획성 있는 여자다.

6일 전

KTX 왕복 기차 예약. 난 매우. 정말 계획성 있는 여자다

3일 전

종아리 보톡스는 믿음직하지 못했던 의사의 목소리처럼 제 효과를 나타

내지 못하고 있다. 병원에 전화해서 물어보니 1달 정도 후에 효과가 나타난다나 뭐라나. 급하게 인터넷을 검색해보니 압박 스타킹을 신으면 최소 1인치가 줄며 라인을 정리해준다기에 구입했다.

1일 전

집에 오는 길에 결혼식 하객용으로 딱 좋아 보이는 빨간 펜슬스커트를 하나 샀다. 그리고는 잦은 염색으로 철사 같아지고 있는 머리에 일회용 스팀 팩을 쓰고 있는데 아슬아슬하게 압박 스타킹이 도착했다!!!

한눈에 보기에도 팔뚝이 들어가기에 딱 좋아 보이는데, 과연 종아리가 들어갈 수 있을까 싶네. 반신반의하며 발가락부터 조심스레 넣어 보았는데, 벌써 죄어오는 것이 예상대로 발목도 안 들어간다. 포기하지 않고 설명서에 나오는 대로, 한 몸인 듯 붙어있는 종아리와 스타킹 사이에 엄지손가락을 구겨 넣으며 20분이나 끙끙댄 결과, 가까스로 하체에 스타킹을 씌우는 데 성공했다. 오! 놀랍게도 다리 라인이 확 잡히고 배까지 보정속옷을 입은 듯 쏙 들어가네!

마지막으로 잘린 마른 북어와 약간의 무 슬라이스, 파를 준비해 지퍼락에 잘 넣었다. 아마 술을 먹을 테니 아침에 일어나서 북어 해장국을 끓여 주면 그가 나의 의외의 면에 감동하지 않을까. 근처 사는 친구가 맥주 한잔하자고 연락이 왔지만 촉촉한 피부를 위해 과감히 거절하고 밤 10시 취침.

당일 아침 8시

긴 전쟁 준비를 끝내고 전투에 나서는 용병처럼, 비장한 각오로 KTX에 올랐다. 그리고 연애 블로그에서 미리 캡처해 둔

"썸남과 친해지고 싶을 때 하는 질문들",

"남자가 좋아하는 애교"등에 대해 다시 읽으며

그에게 물어볼 질문이라던가,

질문할 때 해야 할 몸짓 따위를 외우며 연습했다.

연애 불패 기술이라는 '입가에 살짝 미소를 띠고 사랑스럽게 3초 정도 쳐다보기'와 '한쪽으로 머리를 넘기며 목덜미 쓰다듬기'를 연습하고 있자니 건너편에 앉은 아줌마가 의심스러운 눈초리로 슬쩍슬쩍 쳐다

보네. 좀 민망해져 연습은 그만두고 망가지고 있는 썸을 어떻게든 이어보겠다며 시작한 이 여행에 들어간 비용을 계산해 보았다.

종아리 보톡스 주사 35만 원

(이건 올여름을 위한 것이니 계산하지 말아야 하나?).

얼굴 관리 2번 11만 원(뾰루지용, 수분 보충용).

KTX 왕복 예약 12만 원.

압박 스타킹 2만 5천 원.

빨간 펜슬스커트 7만 원.

북어 및 무 1만 원 정도.

= 총 685,000원

아. 타격이 크다.

이렇게까지 해야 하나 하는 자괴감이 슬쩍 들었지만 종아리 보톡스와 압박 스타킹, 빨간 펜슬스커트는 일회성이 아니라는 것에 위로하기로 하자!

부산에 도착해서 애당초 중요하지도 않았던 볼일을 후딱 보고 연락을 하자 그가 데리러 왔다. 우리는 먼저 친하지 않아 얼굴도장만 찍으면 되는 그의 동료 결혼식에 다녀오기로 했다. 부조금을 내고 잠깐 몇몇 동료들에게 인사만 한 후, 결혼식의 맛없는 뷔페보다는 맛있는 걸 먹자며 바로 차로 돌아왔더니 20분 경과.

빨간 스커트와 하이힐과 압박스타킹은 그의 "치마 예쁘다."라는 칭찬 한마디 듣고 20분 만에 자기 할 일이 없어지고 말았고 30도가 넘는 더위에 압박스타킹을 신고 있을 순 없었기에 허망하게도 티셔츠와 청바지, 편한 운동화로 바꿔 입어야 했다.

어쨌든 결혼식 뷔페 대신 먹기로 한 화덕피자를 먹는 동안, 연애 블로그에서 알려 준 대로 자잘한 이야기들을 묻고 호응해 주고 꼬리를 이어 질문하는 친밀한 대화를 시도했다. 그 덕분에 그의 초, 중, 고등학교 이야기, 어릴 때 하고 싶었던 일 등을 알게 되어 맘속으로 '이야기가 잘 이어지는데.'라며 꽤 뿌듯해졌다. 하지만 나무가 울창한 카페의 야외 테라스에 앉아 애완동물을 길러본 적이 있는지에 대해 이야기하던 중 그는 불쑥 "너는 내가 아는 사람 중에 제일 질문이 많은 것 같아. 소녀 타입이라서 그런 건가."라고 말했다.

끄응.

분명히 연애 블로그에서 남자는 자기 이야기를 시간이 가는 줄 모르고 할 것이며 그 후 한층 친해질 것이라고 했는데….

졸지에 낮 3시에 홍차 타임을 가질 것 같은 나이 많은 소녀 타입의 여자가 되어버렸다. 카페에서 나온 후, 한적한 시립 미술관에서 전시를 보고 마침 시내에서 열리고 있던 공예 페스티벌도 한 바퀴 둘러보고 지역 맛집이라는 갈비를 먹고 나니 밤이 되어 그의 집으로 갔다.

집은 통유리창이 있는 복층 구조의 오피스텔이었는데 창밖으로 동네 풍경이 한눈에 들어와 분위기가 좋았다.

"와. 집 좋다. 부산에서 여기가 분위기 제일 좋은 것 같은데."

"응. 난 여기에 앉아서 자기 전에 한 잔씩 해. 그런데 이 건물 옥상에 올라가면 야경 다 보여서 더 좋다. 가 볼래?"

그래서 우리는 캔 맥주 2개와 블루투스 오디오를 챙겨 건물 옥상으로 갔다. 부산 시내가 한눈에 들어왔고 도시의 불빛이 내는 반짝임이 하늘의 별처럼 아련해 보였다.

그는 우리가 20대였던 십 년 전의 노래를 틀었고 같이 맥주를 마시기 시작했다. 시원한 바람이 불어오는 늦여름, 낯선 옥상에서의 익숙한 맥주 한잔.

이상하다. 기분이 참 좋아야 하는데 왠지 쓸쓸했다.

나란히 앉아 같은 노래를 흥얼거리고 있지만 그는 내 옆이 아닌 저 멀리 광안대교쯤에서 노래를 부르고 있는 것 같았는데, 이번 여행으로 가까워질 것이라는 기대와는 달리 오늘 하루 내내 그가 일정한 거리를 둔다는 느낌을 지울 수가 없었기 때문이다. 하지만 왠지 쓸쓸해지는 기분을 애써 떨치고는 한참동안 노래를 들으며 노닥거리다 집으로 돌아갔다.

우리는 와인을 마시면서 이런저런 이야기를 했는데 마시다 보니 슬슬 취해 각자의 연애담을 말하기 시작했다. 그는 최근에도 동호회에서 여자를 많이 만났으며 그녀들을 만나는 것까진 좋은데 연애할 생각은 없다고 지나치게 솔직한 이야기를 했다.

'그렇게 가볍게 여자를 많이 만나고 다닌다며 나한텐 왜 그렇게 철벽을 치는 거지?'하는 멍청한 물음이 슬슬 와인에 취해 흐리멍텅해져 버린 나의 머릿속에 떠올랐고 결국 이렇게 물어보았다.

"그래? 나는 네가 올리버 칸인 줄 알았잖아. 내가 너에게 골을 넣은 것도 아니고 저 멀리서 드리블만 하고 있었는데 왜 공을 계속 막은 거야?"

황당한 그 질문에 기가 막힌 듯 내 얼굴을 쳐다보던 그가 말했다.

"그냥 공이 올 것 같은 생각이 들어서… 괜히 만났다 안 좋아지는 것보단 안 만나는 것이 더 오래갈 것 같아. 너는 막 만나기엔 너무 좋은 여자인 것 같거든."

"…."

이럴수가. 이거 나 차이고 있는거지?

역시 언제나 그랬듯 불길한 예감은 틀린적이 없다.

이젠 하다하다 KTX타고 부산씩이나 와서 차이네.

지난 2주일 내내 이 여행에 들떠 있다가 예상 밖의 대답을 들어버린 나는 그만 정신을 놓고 말았고 결국 와인 대신 소주 뚜껑을 따기 시작했다. 그리고는 취해서 "너는 왜 그렇게 냉소적이냐.", "만났다 좋은 결과가 있을 수도 있지 않으냐."라며 속이 뻔히 들여다보이는 궤변을 늘어놓았는데 즉, 연애 블로그에서 절대 하지 말아야 할 1순위로 뽑히는 술주정을 하고 만 것이다.

최악의
플랜 F

얼마나 시간이 지났을까.

어렴풋이 정신이 차려져 눈을 뜨니 천정이 빙빙 돈다.

가까스로 벽에 걸린 시계를 보니 새벽 2시.

옆에선 그의 코 고는 소리가 드렁드렁하다.

나 왜 자고 있지? 뭐지. 뭔 일 있었나.

한참 동안 기억을 되살려보니 어젯밤에 그가 좀 졸리니 한 시간만 자고 다시 마시자며 내 손을 잡고 침대로 간 기억이 난다.

아아아아아아아…

얼마나 마셔댔는지 머리가 빙빙 돌고 속이 울렁거렸다.

급히 화장실로 달려가 보라색의 화려한 구토를 한 후 비틀대다가 뭘 좀 마시기로 했다. 보통 소주를 마신 다음 날엔, 물에서 소주 맛이 나는 것 같아 과일주스를 마시고 와인을 먹고 취한 날엔, 과일주스가 와인 같은 느낌에 물을 계속 마신다. 하지만 어젯밤엔 와인과 소주를 다 마셔댄 탓에 도통 무엇을 마셔야 할지 몰라 난감했다.

그때 나의 백 팩 안에 있는 북어와 자른 무가 생각났다. 얼른 숙취를 해소해야 한다는 생각에 가져온 북어와 무를 꺼내어 끓이고는 마지막으로 그의 냉장고에 있던 계란 하나를 깨 넣었다. 국이 끓는 동안 숙취를 가라앉히고자 누웠는데 잠시 후,

"이게 무슨 냄새야!"하며 그가 벌떡 일어나며 소리를 질렀고 덩달아 일어난 나의 코로 묵직한 방귀 냄새 같은 것이 전해져왔다.

이게 뭐지… 서… 설마 북엇국?

그가 서둘러 달려가 가스레인지를 껐지만 이내 연기가 자욱해진 방안에 화재 경고음이 울려대기 시작했다.

혹시라도 스프링클러에서 물이 쏟아지면 어떡하나 싶어 부랴부랴 창문을 열고 연기를 빼느라 한참 난리를 피웠고 다행히도 스프링클러의 물세례는 피할 수 있었다.

"너 대체 뭐한 거야?"그가 황당하다는 듯 물었다.

"나 북엇국 좀 끓여 먹으려고…."

"이게 북엇국 냄새라고? 냄새가 왜 이래?"

"몰라. 나 그냥 북어랑 냉장고에 있는 계란 넣었는데…."

"뭐? 아이고야. 그 계란 3개월도 더 된 거야. 아니. 근데 냄새가 어떻게 이렇게 돼? 완전 방귀 북엇국이네. 방귀 북엇국"하며 미친 듯이 웃어대는 그. 한 대 후려갈기고 싶었지만 가까스로 참았다.

정말 나는 왜 모양일까.

현모양처로 보이겠다며 가져온 북엇국 재료로 방귀 북엇국을 만들고 남의 집 화재경보기를 울리고 냄비를 태워 먹었다.

암울한 기분에 시계를 보니 새벽 5시.

다시 코를 드렁대며 자는 그와 달리 잠을 자는 것과 안 자는 것의 중간 상태로 새벽을 보내며, 나는 이 애처롭고 슬프기까지 한 노력의 결과에 대해서 절망했다. 한참 후에 잠이 깬 그에게 "어떡하지. 기억이 하나도 안 나."라고 말했고, 그는 "그래? 술 많이 취했었구나."라며 내 몸에 팔을 둘렀다. 그리고 곧 어젯밤에 아무런 기억이 없는 것의 또 다른 이유를 알게 되었는데… 187인 그의 키에 비해 그의 그것은 기대에 너무나 못 미치는 사이즈였던 것이다! 진짜 심각하게 현재 발기가 된 것인지 안 된 것인지 구분이 불가능할 정도였다. 잠시 후 다시 잠이 든 그와 다르게 또 다른 충격에 연이어 빠진 나는 '그렇게 여자를 많이 만나고 다니는 것처럼 선수 느낌을 풍기더니… 다 이런 식이었던 건가. 혹시 잠자리에 실망한 여자들이 연락을 안 받아서 원치 않게 원나잇이 돼버린 건 아닐까.' 하는 측은한 감정마저 들었다.

아침에 받은 여러 개의 멀티충격을 마음 한쪽에 묻어버리고 우리는 따뜻한 피자 빵과 커피를 마시며 평화로운 오전 시간을 보냈다. 아니 그런 줄 알았다. 나는 지나치게 마음을 안정시키다 시간 개념까지 놓아버렸고 그 덕분에 예약해 둔 KTX 기차 시간이 지나고서야 기차역에 도착했다. 다급하게 다시 버스터미널로 달려갔지만 마침 주말을 낀 4일의 연휴라 그런지 티켓 창구엔 사람들이 정신없이 북적거렸다.

다행히도 서울행 버스표가 한장 남아있었었고 그 표를 손에 쥐자마자 그에게 서둘러 인사를 건네며 버스에 올랐다.

그리고 자리에 앉아 창 너머로 사라지고 있는 그의 뒷모습을 바라보았다. 씁쓸하지만 이 관계의 실체란 이런 것이다.

괜찮은 외모에 적극적으로 호감을 표현하는 그를 보고 드디어 자상하고 좋은 남자를 만났다며 혼자서 지난 몇 주간 설레발을 쳤다. 그가 보인 호감은 그저 여자를 꾀는 작업이었을 뿐이었는데 그런 것도 파악을 못 하는 나이를 허투루 먹은 나는 그 관계가 마음대로 안 되자 초조해하고 화를 내다 술주정을 했다. 심지어 자기까지 했는데 그것조차 로맨틱한 밤이 아닌 심각할 만큼 못하는 남자와의 기억조차 나지 않는 밤이었고 덤으로 남의 집에 방귀 냄새 테러를 저지르는 황당함도 제공했다. 기분이 축 처지고 서글퍼졌다. 그리고 그 착잡한 마음은 버스가 출발한 잠시 후에 괴성으로 바뀌었다.

이럴 수가. 휴대폰이 없네!

버스 안에서 뒤질 수 있는 곳은 고작 가방과 입고 있는 청바지 주머니뿐. 허탈함과 걱정과 짜증에 범벅이 되어 좁디좁은 버스 앞 좌석에 머리를 박아버렸다.

부산에 오기 전 나에게 멋진 플랜 A와 나쁘지 않은 플랜 B가 있었다면 이건 최악의 플랜 F다. 게다가 버스 기사님이 '가장 막히는 길을 위한 내비게이션'을 장착하신 건지 가는 곳마다 길이 꽉 막혔고 8시간 넘게 버스에 앉아 주말 동안 저지른 한 두 개가 아닌 삽질에 괴로워해야 했다. 중간에 휴게소에 들렀을 때도 자숙의 차원에서 핫바 딱 하나만 먹었고. 터미널에 도착하니 어느새 밤 8시가 넘어있었는데 문득 오늘이 어버이날인 것이 떠올라 어렵사리 공중전화를 찾아 엄마에게 전화를 했다. 전화 연결음이 울린 지 1초 만에 수화기 너머로 엄마의 고함이 들렸다.

"미나니? 너! 도대체 어디야?!!"

실종
신고되다!

난 정말 창피해서 얼굴을 들고 다닐 수가 없다.

혼자 사는 36살의 독신 생활은 남자와의 비밀스럽고 섹시한 로맨스로 꽉 찬 것이 아닌 너덜너덜하게 기울어진 관계와 초라한 사생활이 탈탈 털리는 부끄러움으로 가득 차버렸다.

"너! 도대체 어디야?"

"지금 동서울터미널이에요. 부산 출장 갔다가 휴대폰을 잃어버려서 연락을 못 했어요."

엄마의 화를 내는 목소리가 평상시와 같지 않았다.

"네 휴대폰 찾았어! 인천에 있대. 도대체 뭘 하고 다니는 거야! 지금 서울 집에 민영이랑 경찰 와 있어!"

아… 이게 도대체 뭔 일이지.

사정은 이랬다.

어젯밤 10시에 나는 엄마의 전화를 받지 않았고(그때 끔찍한 술주정을 하고 있었겠지) 아침에도 받지 않았으며(충격적인 그의 비밀과 숙취로 제정신이 아니었던 시간) 점심때도 받지 않았다(버스표 구하러 부산 시내를 뛰어다니던 때).

전날도 전화를 받지 않고 어버이날인데도 전화를 하지 않는 것이 너무 이상하다고 생각한 엄마는 점심때가 되자 친한 고등학교 친구인 은정에게 전화를 했다. 은정이는 최근에 나를 만난 다른 친구 숙이에게 내가 어디 갔는지 아냐고 물었고 그녀로부터 동호회에서 만난 남자를 보러 부산에 갔을 수도 있겠다는 말을 듣게 되었다. 하지만 가족에게 남자 만나러 부산에 갔다고 말하기는 좀 그랬던 탓에 친구들은 부모님께 알리기 전에 나를 찾으려고 전전긍긍 애를 써야했다.

아침부터 엄마는 끊임없이 나에게 전화를 걸었는데 드디어 오후 4시쯤 누군가 전화를 받았다. 하지만 전화를 받은 사람은 딸이 아닌 어떤 여자였으니 그녀는 "부산에서 1시 차를 타고 인천에 왔는데 자꾸 진동이 울려서 보니 가방에 이 휴대폰이 들어있네요."라는 말을 해서 엄마를 기절초풍하게 만들었다. 그때부터 가족들의 머리엔 막내딸이 납치를 당했고 그 납치범이 행방을 숨기기 위해 휴대폰을 낯선 여자의 가방에 넣은 장면들이 그려지기 시작했다.

공포감에 사로잡힌 엄마와 아빠가 즉시 서울로 올라오시려고 하자 친구들은 부모님을 만류하며 대신 친구 민영이를 우리 집으로 빠르게 급파했다. 민영이는 술병이 난 채 자고 있는 나를 기대하며 떨리는 손으로 현관 비밀번호를 누르고 들어왔지만 그 바람과 달리 집은 텅 비어있었다.

하지만 영국 드라마 셜록의 열혈 팬인 그녀는 거기서 포기하지 않았다. 실낱같은 증거라도 찾겠다며 집을 살피기 시작한 그녀는 책상 위에서 여러 일정이 적힌 탁상 달력을 발견하는 쾌거를 이뤘다. 그리고 잠시 후, 여러 일정이 적힌 그곳에 부산이 없다는 암울한 사실도 알아냈다. 여기까지가 우리 가족이 나의 실종 신고를 하게 된 이유이다.

순식간에 집으로 경찰 두 명이 출동했고 민영에게 대기하라는 명령을 하고 돌아갔다. 혼자 집안에서 이런저런 걱정을 하던 그녀는 친구가 동호회 썸남을 만나러 갔을 것 같다는 생각을 아무래도 떨칠 수가 없었고 온라인 카페에 들어가 그의 연락처를 찾자는 똘똘한 생각을 떠올랐다. 그녀는 책상 위에 놓인 노트북을 켰다. 허술하게도 비밀번호 적는 난에 휴대폰이라고 힌트가 적혀있었다.

'어떻게 카페 아이디와 비밀번호를 찾지.'라고 중얼거리던 중 바탕화면에 떡 하니 있는 '비밀번호저장'이라는 파일. 나중에 이 이야기를 하는 민영이의 얼굴이 '참 너도 너다.'하는 표정이었다. 카페에 들어가 게시글과 쪽지들을 샅샅이 뒤져 결국 그의 번호를 알아낸 투지 넘치는 그녀는 바로 전화를 걸었다.

"여보세요? 혹시 미나라고 아세요?"

"아~ 네."

"지금 같이 있어요?"

"아뇨. 아까 전에 버스 타고 올라갔는데… 조금 있으면 도착할 텐데요."

"아니. 그런데 왜 전화도 안 한대요! 지금 실종 신고하고 난리 났어요!"

그녀는 빽 소리를 지르며 전화를 끊었다.

민영이가 셜록 홈스로 빙의해서 나의 행방을 확인할 그즈음.

휴대폰을 주운 여자에게로 인천 지구대 경찰분들이 찾아갔다.

처음에 그녀는 그게 왜 가방에 있는지 모르겠고 버스에서 진동이 너무 울려서 무서워 안 받았다는 등 신들린 연기를 했는데, 경찰들이 엄중한 톤으로 여러 차례 묻자 결국은 부산 버스 터미널에서 표를 끊기 위해 기다리다 버려진 휴대폰이 있길래 쓱~ 주웠다고 자백했다.

이 모든 일이 벌어지는 동안 나는 서울행 좁은 버스 좌석에서 8시간 동안 한 번 쭉 뻗지도 못해 퉁퉁 부은 다리를 주무르며, 핫바를 우걱우걱 씹고 있던 것이다.

민영이와 경찰이 기다리고 있다는 나의 집으로 가는 동안

'경찰서에 가서 조서를 써야 하는 걸까.'

'엄마한테 남자 누구를 만나러 갔다고 하지.'

'남자 친구냐고 물어보면 뭐라고 해야 하지.'하며 두려움에 잔뜩 떨었다.

집에 도착한 후, 기다리고 계시는 발 빠르고 책임감 있는 대한민국 경찰에게 송구함을 전하고 가족과 모든 친구들에게 사과를 했다.

그들은 한심함과 다행이라는 마음 어딘가에서 사과를 받아주는 듯했고

민영이는 모든 사람을 대신해 나의 팔뚝을 마구 때렸다. 엄마는 내가 전화를 받지 않은 지난 밤부터 잠을 못 주무셨고 근 몇 시간 동안은 거의 반 기절 상태였더니 심한 두통이 온다고 하셨다.

정말 스스로가 한심하다.

오전에 엄마한테 전화 한 통만 했어도 이 사태는 일어나지 않았겠지.

그런데 한편으론 조금 억울하기도 했다.

엄마는 항상 '남자 좀 데리고 와라. 애를 만들어 와도 뭐라고 하지 않겠다.' 하시더니…. 이렇게 사생활이 투명해서야 어디 가서 남자와 애를 만들 수나 있을까. 나는 기어들어 가는 목소리로 "죄송해요. 그런데 전화하는 걸 깜빡 잊어버리고 운 나쁘게 휴대폰을 잃어버린 것뿐인데 일이 꼬이려니 이렇게 된 거예요."라며 억울함을 토로했지만, 엄마는 "그러게 어디 갈 때마다 미리미리 연락을 하고 다녀야지!"라고 하셨다. 이 나이에 어디 갈 때마다 엄마한테 보고하라고? 하아. 결국 가족들에게 이 비루하기 짝이 없던 연애사는 들통이 났고 철없는 나 때문에 큰일이라며 엄마는 다시 드러누우셨단다. 아빠는 서울 생활 정리하고 고향으로 돌아오라고 전화기 저 멀리서 소리를 빽 지르셨고.

잘못했다고 싹싹 빌어서 겨우 넘어간 그 날 이후로, 하루에도 몇 번씩 엄마는 어디서 무얼 하는지 전화하신다.

그동안에도 Y는 아무런 전화도 하지 않았다.

민영이가 그렇게 소리를 지르며 끊었음에도… 나쁜 놈.

아, 어쩌다가 남자가 궁하다 못해 이렇게 처절한 지경까지 이르게 된 걸까.

남들은 연애할 때 한눈에 똥인지 된장인지 잘도 구분하고 피해 다니는 것 같은데 나는 굳이 그걸 먹어본 후 온몸으로 토해보아야 깨닫는 그런 덜떨어진 사람인가 보다.

지구대에 가서 실종 서류에 서명하고 집에 터덜터덜 걸어오는 길.

집 아래 카페 주인이 "아. 그래서 어제 어디 계셨던 거예요? 경찰들 오고 그랬는데."라며 말을 건다.

어제 은정이가 건물 1층 카페 주인에게도 전화해서 우리 집 좀 올라가 보라고 했단다.

아. 미치겠네. 이제는 커피를 사러 가지도, 택배를 맡기지도 못하겠다.

이건 진짜 36살의 라이프 스타일은 아니지 않나?

정말이지 술을 먹고 잠들지 않을 수가 없네.

호르몬
주의보

지난번 노처녀 부산 실종 사건 이후로 난 기가 팍 꺾였다.

시간이 좀 지나 그때를 돌아보니 진심으로 Y를 좋아하는 것도 아니면서 '그와 만나면 어떨까.'하고 상상하며 관심을 가진 것 같다. 그러다 그의 반응이 예상보다 못하니 시무룩하며 동시에 집착했었고.

그에 대해 아는 것도 별로 없으면서 단지 누군가를 사랑하고 싶다는 열의가 1g의 무게도 안되는 거짓 감정으로 밀어 넣었다고나 할까.

예전에는 단순한 호감이어도 잘만 굴러가던 연애가 최근엔 너무나 삐걱거린다. 처음에 관심을 보이던 남자들은 각기 다른 이유로 한 발짝씩 뒤로 물러난 채 좋은 친구를 청해 와, 새로운 브라더만 3명 늘어났다. 그들이 하나같이 간을 보는 타입이며 사랑 앞에 겁쟁이라 그렇다고 생각하면 내 맘이야 편하겠지만, 진실은 그렇지 않다는 걸 알고 있으니 마음 한편이 묵직해져 온다.

애교 부리기, 현모양처인 척하기, 친구처럼 편안하게 다가가기 등 갖가지 노력에도 불구하고 족족 걷어차이는 이다지도 매력이 없는 여자가 되고 만 이유가 뭘까. 그런 고민에 빠진 채 인터넷을 하다 여성 호르몬에 관한 기사를 읽게 되었다. 앗. 어쩌면 이제 나도 여성 호르몬 대신 남성 호르몬인 테스토스테론이 엄청나게 분비되기 시작한 것인가. 그래서 딱히 잘못한 것이 없어도 남자들이 나에게 끌리지 않는 것이라면? 나이에 따른 호르몬 분비의 변화에 대해 조금 더 검색해 보았다.

충격이다. 정말로 40대 이후부터 여성 호르몬이 감소하고 남성 호르몬이 증가한다고 나오네.

이럴 수가…

요새 남자들에게서 걷어차이는 것은 숫자에 불가하다는 나이 때문만이 아니라 생물학적으로도 부정할 수 없는 근거가 있었다. 나는 얼굴의 주름과 나잇살은 어떻게든 책임질 수 있지만 호르몬까지는 어쩔 능력이 없다. 보이지도 않는 적을 어쩌라고….

너무 우울해서 한참을 누워 있다가 여성 호르몬에 좋다는 석류즙과 달

맞이 오일을 3시간이 넘는 검색 끝에 구매했다. 윽, 호르몬에 좋은 걸 찾느라 인터넷을 너무 오래 했더니 이젠 눈이 침침하다.

이것도 다 노화 탓인가 보다.

노화에 좋은 폴리페놀이 많은 레드 와인이 필요한 것 같네.

내 우울함에도 좀 필요하고.

나는 이다지도 어리석게 끝없는 쇼핑으로 몸뚱이의 초라함을 덮으려는 슬픈 존재이다. 또 한해가 지나고 있다.

이유를 알 수 없지만 37살이 되어가고 있고

여전히 솔로다.

5부

행복,
　　바로
그 직전

누군가와 만나다 보면 주말마다 맛집을 찾아 데이트하고 밤에 술도 자주 마시게 된다. 살이 조금 찌더라도 나의 연인은 그조차 귀엽게 봐줄 것이란 근거 없는 자신감도 있을 시기이고. 그러다 헤어졌을 때 날 기다리고 있는 건 넘치는 카드값과 더불어 여기저기 접히는 살이다.

거울 속에 비친 그다지 매력적이지 않은 외모는 가뜩이나 위축된 자존감에 상처를 더해 다이어트를 결심하게 하고 12개월 무이자 할부를 해준다는 헬스장으로 나를 이끈다. 이 과정이 무한 반복되는 것이 나의 연애와 몸무게의 애증의 역사라고 할 수 있겠다.

이번에도 어김없이 지난번 망한 썸의 절망 끝에 다이어트를 결심하는 시기가 찾아왔고 집 앞 전봇대에 붙은 월 49,000원이라는 나의 주머니 사정에 딱 맞는 헬스장을 끊게 되었다. 겉으로는 격렬히 거부하고 있지만, 나이를 한 살 한 살 더 먹을 때마다 챙겨야 하는 음식이니 운동이니

하는 것들에 나도 모르게 눈길이 가는데

그중 하나가 근육 운동이다.

나이 들면 근육이 자산이라고 하니까.

이제 우리 나이에 급격히 굶는 다이어트를 하면 소중한 가슴살과 얼굴살만 쫙 빠지고 그 결과는 고스란히 주름으로 돌아온다. 자글자글 주름진 얼굴보다는 적당히 통통한 뱃살을 선택해야 할 나이인 것이다. 그래서 어린 여자들이 점령하고 있는 러닝 머신보다는 근력 운동 기구들을 선택했다. 트레이너에게 간단히 사용법을 전수 받고 상체 운동 기구 3개, 하체 운동 기구 3개를 하기로 했는데 하체가 워낙에 튼튼한 탓에 하체 근력 운동은 별문제가 없지만 상체 운동은 꽤 어려웠다. 한 달 가까이 다녔건만, 볼 때마다 헬스 트레이너가 고개를 갸우뚱하며 자세를 교정해 주니 다부진 근육에 비해 실제 운동 감각은 현저히 떨어지나 보다.

그러길 한 달 남짓.

요즘 한 남자가 눈에 자주 띄는데 비슷한 시간대에 근처에서 운동하는 남자다. 나이는 나보다 조금 많을 것 같고, 좀 마른 듯하지만 어깨도 넓고 탄탄한 근육이 돋보이는. 안경 너머의 눈빛이 선해 보여 자꾸 시선이 갔고 그렇게 누가 먼저 쳐다보았는지 모르지만 우리 둘은 눈이 자주 마주치게 되었다.

살을 빼겠다며 러닝 머신만 주구장창 할 땐 몰랐는데 근력 운동 기구 옆엔 남자들이 굉장히 많이 있었다! 그날도 여전히 어딘가 부족한 자세로 상체 운동을 하고 있는데, 그 남자가 말을 건넸다.

"저기요. 이거 할 때 손을 이 방향으로 잡으셔야 해요."

그 첫 마디로 K와 나는 만나게 되었다.

말로만 듣던 헬스장 썸이다!

K는 그야말로 평범함의 미덕을 갖춘 남자였다.

친구와 함께 작은 디자인 회사를 운영했고 나이는 나보다 3살 많았으며 부모님도 자영업을 하시는 소박하고 성실하신 분들이다.

그의 성격 역시 그러했는데 친절하지만 아주 섬세하진 않고, 사람들과 잘 어울렸지만 나서지는 않는 평균의 사교성 그리고 농담을 잘하진 않지만 분위기는 잘 맞추는, 보통의 40살 남자였다.

우린 주로 퇴근 후 헬스장에서 만나 같이 운동을 하고 편의점에서 0cal 음료수를 사서 주변을 산책했는데 둘 다 작은(가난한) 디자인 회사를 운영하기 때문에 그날의 진상 고객이나 거래처에 관한 이야기들을 나누고 서로 해결책을 궁리해 주기도 하며 친해졌다.

처음 우리 집에 놀러 온 날.

그는 내가 해준 김치찌개를 엄지 척 올리며 냄비째 뚝딱한 후에 설거지를 했다. 어찌나 설거지를 잘하던지 몇 년이 지나 오래된 그릇들이 새로 산 것마냥 반짝반짝했다. 그리고 1주일 후에는 각종 주방용 세제를 사 들고 집에 찾아왔는데, 지난번부터 내내 눈엣가시였던 가스레인지의 묵은 때를 벗겨주겠노라 했다. 가스레인지를 뜯어내고 한 시간 넘게 빡빡 닦고 있는 그의 사진을 찍어 친구들에게 보여주니 게으르고 집안일 싫어하는 나에게 완벽한 남자란다.

가장 친한 친구 중 한 명인 정채도 말했다.

"결혼해보니 착하고 다정다감한 남자가 제일 좋아. 돈은 그냥저냥 벌기만 하면 되고 말이야."

선본 의사랑 결혼해 반포의 60평대 아파트에 살며 벤츠를 새로 뽑은 다른 친구의 생각은 다를지도 모르지만, 그 친구의 남편에 대한 끝없는 인내와 맞춤 서비스를 생각하면 그럴 자신이 없는 나도 다정다감한 남자에 한 표를 던지련다.

뭐, 돈은 나도 버니까(… 이제 곧 벌 거니까!).

스펙 따지는
나란 여자

스스로에게조차 솔직할 수 없는 생각들이 있다.

실제의 나란 사람과 내가 바라는 사람이 다를 경우인데, 그럴 때마다 문제를 끄집어내고 인정하기보다는 다른 이유를 갖다 대며 그럴듯한 변명으로 포장하곤 한다.

그에겐 말한 적이 없지만 헬스장이 아닌 주말의 첫 데이트 후에 그가 전문대의 디자인학과를 나오고 친구와 차린 회사에서 버는 월급도 적다는 사실에 좀 놀랐다.

대학 졸업장이란 10년이 지나면 그 존재감은 다 빠져버린 것이고 우리 나이엔 현재의 위치를 봐야 한다고 누구이 말하지만 어쨌든 전문대를 나온 남자를 만나는 것은 처음이었고 친구들의 남편 중에도 전문대 졸업자가 없었다.

나의 속물근성을 조금 더 고백하자면 같은 디자인 전공자로 나는 명

문대를 나온 것은 사실이니까 말이다. 그래서 첫 번째 데이트를 한 후, 두 번째 데이트를 해야 하나 말아야 하나 새벽에 잠을 못 자면서까지 진지하게 고민된 것이 솔직한 심정이었다. 인터넷에 학벌이 좋지 않은 남자에 대해 검색도 해보고 사람들의 댓글도 열심히 읽어보았다. 대부분 "남자의 학벌은 중요하다.", "여자가 학벌이 더 좋은 경우 남자가 피해 의식이 있다."등등 부정적인 의견이 많이 있었다.

반대로 "학벌이 무슨 소용이냐 사람이 중요하지."하는 의견도 꽤 있었고 말이다. 40살이 다 되어 가는데 사람에 대한 기준을 인터넷 댓글에서 찾는 나의 판단력과 지혜의 수준이 한심한 지경이다.

이 댓글을 초등학생들이 썼을지도 모른다는 생각에 이르자 인터넷 검색을 그만두고 천천히 혼자 고민해보기로 했다.

나는 그가 꽤 맘에 든다.

얼굴 생김도, 말하는 목소리로, 성격도.

그에게서 마음에 들지 않은 것은 학벌과 평균보다 좀 부족한 월급뿐이다. 하지만 부족한 월급은 사업의 초창기이기 때문이며 나도 비슷한 지경

임으로 문제 삼을 입장이 안 된다. 더군다나 그렇게 부자가 되고 싶은 욕심도 없다.

발 아픈 신상 하이힐을 신고 백화점에 가느니 목 늘어난 티를 입고 맥주를 마시며 미드 보는 걸 좋아하는 사람이니 나의 벌이와 그의 벌이를 합치면 사는데 별 지장도 없을 것이고.

그럼 문제는 학벌뿐인데 그는 학창 시절 내내 공부에 관심이 없었고 하고 싶지 않은 공부를 궁둥이 붙이고 할 만큼 야망 있는 타입도 아닌 것이 지금의 그를 보아도 알 수 있다. 하지만 좋은 학교를 나오지도 않았고 책을 많이 읽은 것도 아니며 다방면에 아는 것도 많지 않을지언정 우린 이야기가 잘 통한다.

둘 다 그다지 지식이 넘쳐흐르는 타입이 아닌 건 매한가지니, 아는 한도 내에서 사회 이슈나 정치 이야기를 하는 것도 즐겁고 공통으로 좋아하는 마블 세계관에 대해서는 시간이 가는 줄 모르고 떠들어대기도 한다.

유튜브에서 온갖 쓸데없는 지식을 이야기해 주는 채널도 같이 구독해서 보고 말이다. 학창 시절 공부를 잘하지 못했다고 해서 이야기가 안 통하는 것도 아닌데, 그럼 뭐가 문제지?

솔직히, 문제는 만나는 남자가 나보다 나아야 한다는 기대였다.

연애나 결혼에 있어서 남녀의 위치는 평등해야 한다고 핏대 세워가며 이야기하던 나 역시 '남자가 여자보단 돈을 잘 벌어야지, 학벌이 최소 비슷은 해야지.'하는 어머니 세대의 생각을 마음 깊숙한 곳에서부터 가지고 있었나 보다.

가끔 사람들이 남자 친구의 학벌 자랑, 남편의 돈 자랑을 잔뜩 늘어놓는 것을 볼 때면 '본인이 학벌 좋고 돈 잘 벌어야 자랑할만한 거 아냐?'하고 반발하던 나에게도 실은 그런 숟가락 얹고 싶은 마음이 있어서 전문대라는 그의 학벌이 어쩐지 마음에 걸렸던 것이다.

밤이 지나 어스름한 새벽이 다가올 때까지 곰곰이 생각하다 보니,

괜한 마음의 거리낌의 실체가 드러났고 선택할 확신이 생겼다. 누구의 주장이라고 딱 집어서 말할 수도 없는 기준에 기대어 남자를 고를 것인지, 아니면 내가 생각하는 나의 기준에 맞는 남자를 고를 것인지 말이다.

하룻밤을 꼬박 새워 고민한 후에야 그의 높지 않은 학벌이나 능력에 대해서 가족과 친구들에게 당당하게 말할 수 있게 되었으니,

그러고 보면 내가 나를 다 아는 것은 아닌 모양이다.

이제 사업을 시작한 지도 1년이 넘어간다.

사업을 준비하던 초기에는, 끝내주게 멋진 아이디어로 이 세상에 없는 것을 만들어 떼돈을 번 후 강남 노른자 땅에 빌딩을 사는 핑크빛 꿈에 부풀어 종종 멍을 때리곤 했다. 그런데 막상 사업을 시작하고 보니… 이 세상엔 없는 게 없었다. 게다가 더 싼 가격에 상품을 내놓을 재간도 자본도 턱없이 부족했다. 일단 줄일 수 있는 것은 인건비 뿐이였고, 그렇게 인건비를 조이고 조아 열정페이로 꾸역꾸역 사업을 이어나가고 있는 중이다. 회사라는 조직의 불공평함에 반기를 들고 나왔지만, 나와보니 사회는 애당초 공평이란 개념이 없었다.

회사에선 고만고만 비슷한 사람들끼리 경쟁했었는데 사회는 능력이나 자산 면에서 나보다 10배, 100배는 더 뛰어난 사람들이 수두룩해서 알량한 아이디어 하나로는 성공은커녕 버티기도 쉽지 않았다.

회사를 운영하는데 기본적으로 들어가는, 생각지도 못한 비용이 엄청나다는 것. 우리나라에서 사업을 하려면 내야 할 세금이 이렇게도 다양하게 많다는 것. 결국은 돈이 있어야 돈을 벌 수 있다는 냉정한 현실을 직시하게 된 것이다.

그러다 보니 예전 같으면 버릴 빈 택배 박스나 완충용 에어캡조차 버리지 않고 죄다 모아두는 짠한 사장이 될 수밖에 없는데 나중에 회사가 커져 직원이 생긴다면 그 직원은 뭐를 남기고 뭐를 버릴지 헷갈려하며 뒤에서 짠돌이라 욕할 것이 분명하다. 회사를 다닐 때, 이면지 사용을 권장하며 잔소리하던 총무과 대리를 좀생이라 욕했던 것이 정말 미안해지네.

그럼에도 사업을 시작한 지 6개월 후, 동업자가 생겼다.

바로 S 전자 디자이너인 대학 친구이자 베프인 정채다.

사람들의 머리를 갸웃하게 만드는 그 좋은 회사의 퇴사 이유가 나와의 동업이라고 말하면 그때부터 얼굴빛이 급격히 어두워지며 '대체 왜?' 하는 물음표가 가득한 사람들의 얼굴을 볼 수 있다.

그녀가 나와 같이 동업을 하는 이유야 여러 가지가 있겠지만 요약하자면, 회사에서 11년째 같은 디자인만 하다 보니 매너리즘에 빠진 데다 몇 살까지 회사에 다닐 수 있을까 하는 의문이 들어서란다.

한 살이라도 젊은(40살 전에?) 나이에 고생해야 하지 않겠냐며 우리는 나의 원룸에 앉아 맥주에 새우깡을 놓고 서로 용기를 북돋우며 동업 계약서를 썼다.

그리고 지금은?

그녀 역시 최저 임금도 안 되는 돈을 받고 열정을 불사르고 있다.

"대기업 물이 빠지려면 6개월이 걸린대!"라며 농담을 하던 그녀는 다니던 청담의 미용실을 이대에 있는 미용실로 옮기는 것을 시작으로 2달 만에 대기업 물이 싹 빠져버렸다. 우린 맨날 입어도 티 안 나게 주로 검정이나 회색의 옷들만 사며 스티브 잡스 룩을 지향한다.

옷이 없는 것이 아니라 스타일로 보이길 간절히 바라면서.

더 이상 길면 뿌리 염색이 아니라고 헤어 디자이너가 말한 한계치에 다다라서야 겨우 미용실에 가니 거의 생존 미용을 하고 있다고도 봐야겠지.

100만 원이 생기면 신상 백을 사는 것이 아니라 상품 샘플비에 써야 하는 것이 현실이고 네일샵이나 힙하다는 카페를 간 기억도 가물가물하다.

그럼에도 사업이란 참 오묘하다.

이런 가난뱅이 생활을 잘 아는 친구들이 "다시 입사하지 그러니."라고 했을 때마다 그래야겠단 생각이 강하게 든 적이 없었다(매일 살짝은 흔들린다).

'지금은 분명 허덕이지만 언젠가는 떼돈을 벌 거야.'라는 야망 때문만은 아닌 것 같다. 정채와 내가 예전에 받던 월급만큼 가져가려면 실로 엄청난 매출을 올려야 하는 것을 알았고, 우리의 희망 월급이란 예전 월급보다도 훨씬 적으니까.

그보다는 자기 의지로 만들어 가는 것의 기쁨.

즉, 자유와 성취의 맛을 보아서 놓을 수가 없는 것에 가깝다.

대기업에서 일했던 것은 지금보다는 더 쉬웠지만 거기엔 내가 없었고 하기 싫은데 해야 하는 아주 아주 쓸데없는 일들이 많았다.

이젠 듣기 싫은 이사님의 트림 소리를 참으며 부질없는 업무 회의에 참석하지 않아도, 다 똑같은 상사의 아기 사진을 보고 "너무 귀여워요."라고 연신 칭찬하며 밥을 먹지 않아도(정말 엄마들 눈엔 다 달라 보여 비슷한 사진을 계속 보여주는 것일까?), 아침마다 수용률 230%를 넘었다는 9호선을 타고 선후배에게 경쟁과 선의를 동시에 느끼며 출근하지 않아도 된다.

우리의 사업은 여전히 흑자는 아니지만 작년보다는 덜 적자이니 곧 흑자가 될 것이다. 우리 세대의 평균 수명이 90세라고 쳐도 아직 시간은 많이 남아있으니 겨우 시작에 불과한 이 힘든 2년 차의 가난뱅이 생활을 겸허하게 받아들이고 살아남으려고 애써야겠다.

영화 블레이드 러너를 보면 모든 것이 완벽한 세상이 존재한다.

깜짝 놀라게 예쁜 여자가 사려 깊은 성격을 지닌 채 상대방이 듣고 싶은 말만 골라 말하기도하고 영국풍의 멋진 정원을 가꾸고 싶거나, 최신식 스칸디나비아 스타일의 인테리어를 하고 싶다면 그 역시 뚝딱 만들어지기도 한다.

현재 놀라운 속도로 발전하고 있는 AI나 VR기술이 더 나아가면 그렇게 되겠지~ 라고 생각하니 아주 먼 미래의 이야기는 아닌 것 같다.

우리는 모든 것이 풍요롭고 갖추어진 세상에서 살게 될지 모른다.

만약 그렇게 된다면 좋은 일이 분명할텐데⋯⋯

그런데 왜 영화는 이토록 쓸쓸하게 다가오는 거지?

가상현실로 만들어진 세상이 진짜가 아니어서일까, 아니면 모든 것을 쉽게 가질 수 있는 세상이란 기대만큼 대단치 않은 것일까.

어느 날은 내 몸집보다 더 큰 택배용 포장박스 1000개를 일층에서 3층으로 나르다(우리의 소원은 엘리베이터 있는 건물~) 손목이 저릿하고 허벅지가 터질 것 같아 계단에 주저앉아 쉬고 있었다. 왼손 중지 끝에 찌릿한 통증이 느껴져 쳐다보니 또 손톱이 부러지고 살결이 찢어져있다.

아무렇지도 않게 반창코를 찾아 피가 몽글몽글 맺힌 손가락에 붙이려니 오른손의 검지를 감싸고 있는 다른 반창코가 보였다. 가장자리 부분에 때가 끼고 살짝 들려져있어 이제 떼어내도 될 때임을 알려주는 일주일 된 낡은 반창코. 이 두 개의 반창코를 보고 있노라니 좀 서글퍼졌다.

건물주 딸로 태어나 시시때때로 해외여행을 다니거나 부자남자와 결혼해 백화점 문화센터를 다녀온 후 옆 카페에서 1만원짜리 커피를 마시는 인생은 얼마나 좋을까싶은 초라한 마음이 불쑥 들면서 말이다.

SNS를 보면 꽤 많은 사람들이 그 정도는 누리고 사는 것도 같아 손톱 끝의 반창코가 한없이 처량하게 느껴졌다.

결국 반도 나르지 못한 채 건물의 계단에 주저앉아 쉬고 있는 정체와 나.

별다른 말은 안했지만 친구의 지쳐보이는 얼굴에서, 흐르는 땀에서, 돌리고 있는 아픈 손목에서 서로의 마음이 어떤지 알 수 있었다.

한참 후, 1000개의 택배 박스를 3층으로 다 옮긴 다음 기진맥진한 채로 앉아 있던 내게 정채가 기쁜 목소리로 말했다.

"미나야. 오늘 주문량 봐 봐!"

오! 그동안 별 반응이 없던 신상품 주문이 갑자기 확 늘어나 있네.

어제의 몇 배가 된 주문량을 확인하자마자 우리는 너무 기뻐서 소리를 지르며 폴짝폴짝 뛰었다.

어느새 찢어진 손톱 따위는 잊은 채 신나게 택배를 포장하고 고기 먹어도 되는 날이라며 삼겹살집으로 향하는 우리.

'다음부턴 손목 아대 사서~ 차고 나르자~'라며 마치 여름휴가 계획이라도 되는 냥 밝은 목소리로 말하는 착한 친구. '이러다 다음 달에 엘리베이터 있는 사무실로 이사가는 거 아니야'라며 설레발을 치는 나.

'그래. 만족스러운 것들로 가득한 곳에 사는 사람들은 영원히 만족이란 단어의 뜻을 알 수 없을거야.' 지글지글 익어가는 완벽한 갈색의 삼겹살 한 조각을 집으며 슬쩍 말해본다.

웃음이 살짝 난다.

늙은 연애의
좋은 점

추운 겨울에 만난 K와 나는 꽃 피는 봄을 거쳐,

무더운 여름을 지나고, 다시 서늘해진

가을에 와 있다.

봄엔 김밥(이제는 옆구리가 터지지 않게 말게 된)을 싸서 하얗게 만개한 벚꽃
길을 걸었고, 여름엔 아는 형님이 하신다는 동해의 바닷가에 가서 즐거
운 휴가를 보냈다. 주말엔 최신 개봉하는 영화를, 주중엔 단골 백반집에
서 저녁을 먹은 후 산책을 하며 서로의 하루를 이야기해주고 들여다보고
챙겨주는 따뜻하고 소소한 연애.

그와의 연애는 하늘을 날듯이 기쁜 일도 없지만,

하늘이 무너질 것처럼 힘든 일도 없어 좋다.

부자보다는 약간 짠돌이에 가까운 그가 기념일 날

비싼 프렌치 레스토랑의 음식 가격을 보고 머뭇거려도,

그런 것쯤 많이 먹어봐서 궁금하지도 않은 나는 그의 섬세한 고기 굽는 솜씨가 빛나는 12,900원 연탄 구이 갈빗집도 좋다.

서로의 술 약속이나 남사친, 여사친에 대해 추궁하지 않고 믿어주는 마음은 나이가 들어 열정이 사그라져서일 수도 있겠지만 그만큼 마음의 여유가 생긴 것이라고도 볼 수 있겠지.

잘 나가는 다른 여자들이나 남자들과 비교하지 않는 것 역시 많은 연애의 실패를 겪어본 후 모든 것을 다 가질 수는 없다는 나름의 철학을 지닌 나이여서이기도 한 것 같다.

보고 싶다며 갑자기 한밤중에 찾아올 일은 없겠지만, 어려움이 생기면 만사 제치고 한걸음에 달려와 주는.

상대의 모자람을 불평하기보단 그런 상대를 애처로워 할 수 있는,

조금 늦은 연애는 이런 점이 좋다.

평범한 그의
평범하지 않은 건강검진표

평범함의 미덕을 갖춘 그가 그다지 평범하지 않은 건강검진표를 받았다. 정기적으로 받던 건강검진에서 갑상샘암이 발견되어 수술하게 된 것이다. 자주 가는 초밥집에 앉아 초밥을 먹으며 그는 "갑상샘암이래."라고 말했고 순간 씹고 있던 계란초밥을 못 넘길 정도로 충격이었지만 나는 조용히 그를 위로했다. 그의 앞에서 울고불고하면 안 된다고 생각했다.

대신 헤어진 후, 혼자 돌아오는 내내 길에서 꺼억 대며 눈물을 펑펑 쏟았지만. 갑상샘암 수술을 한 그는 몇 달 후에는 저요오드식을 해야 했다. 저요오드식은 먹을 수 있는 음식도 한정적이고 호르몬 부족으로 늘 피곤하기 때문에 우리는 주로 집에서 밥을 해먹고 영화를 보거나 집 주위를 산책하는 데이트를 하고 있다.

뭐. 그러고 보니 아프지 않을 때랑 비슷하네.

데이트가 다 그게 그거지.

친한 친구들을 만났을 때 그의 이야기를 하면 몇몇은 그의 회복을 바라면서도 "그래도 헤어져야 하지 않니."하고 조심스레 이야기를 꺼냈다. 그런 말은 나에게 좀 상처가 되었는데, 그런 이야기를 하고 있다는 사실만으로도 그에게 죄책감이 들었고 "그럼 암에 걸렸으니 헤어지자고 해?"라고 하면 말을 꺼낸 친구도 대답을 못 하는 서글픈 상황을 마주하게 되기 때문이다.

아니다 싶음 빨리 발을 빼야지라며 쉽게 말했던 시절도 있었지만 힘든 누군가를 위해 천천히 발 맞추어 걸어가는 것 또한 깊고 괜찮은 인생이라는 생각이 들기 시작했다.

다행인 것은 고민 끝에 부모님께 그의 병에 대해 알려드렸을 때 "심각한 것은 아니고 수술이 잘 됐다고 하니 괜찮아. 건강관리 잘하면 되지."라며 되려 그를 격려해 주신 것이다.

어쩜 부모님은 깐깐한 딸이 좋다고 하는 그를 그만큼 귀하게 생각하신 것일지도 모르겠다. 어쨌든 그의 평범하지 않은 건강검진표에도 우리는 같이 미래를 계획하고 노력해보기로 했다. 경기도에 새로 짓는 아파트를 분양받기로 한 것인데 둘이 모은 돈에 대출을 조금 받으면 충분히 가능할 것으로 보였다.

먹는 것에는 통 관심이 없는 그에 반해 삼시 세끼에 영양 밸런스를 따져 비타민까지 챙겨 먹는 내가 옆에 있으면 그의 건강도 많이 나아질 것이라 믿는다.

청약 당첨 발표가 있던 날.

설마 될까 했던 그 아파트 분양에서 나의 15년 동안 소중하게 묵혀온 청약통장이 발효의 힘을 보여줬다.

축복처럼 하얀 눈이 내렸고 한걸음에 달려온 그는 나를 얼싸안았다.

그리고 "고마워. 사랑해."라고 말했다. 그의 몸은 예전보다 좀 말랐지만 여전히 따뜻했다.

행복,
바로 그 직전에

모든 것은 행복해지기 바로 직전이었다.

―마침내 정이 가고 착하고 마음이 따뜻한 남자를 만났다

―1년 4계절을 겪어보며 우린 마음이 잘 통하고 퍽 잘 어울림을 알았다.

―남자가 암 수술을 받았지만 잘 이겨냈고 회복 후 결혼을 결심했다.

―부모님께 결혼 허락을 받은 후 같이 살 아파트 분양권을 신청했고 당첨됐다.

―아파트 계약금을 내기 위해 여자는 살고 있던 전세금을 빼기로 했고 이사하기 전 오래된 빌라에서 잠시 살기로 했다.

―작고 낡은 집이지만 작은 텃밭이 있어 좋았고 봄엔 장미와 토마토도 심기로 했다.

이 이야기는 너무나 특별할 것이 없어 대부분의 사람들은 부러워하지도 않을 것이다. 심지어 누군가는 좀 초라하다고 느낄 수도 있겠지만, 처음으로 가져보는 결혼을 향한 나아감과 새로운 인생에 나는 그즈음 들떠있었다. 우리는 손을 잡고 동네를 걸으면서, 생필품을 사러 마트에 가면서, 즐거울 것이 분명한 결혼 후의 소소한 계획에 관해 이야기했다.

아파트 거실엔 큰 원목 테이블을 놓고 카페처럼 꾸미고 싶다거나 TV는 무조건 제일 큰 것으로 사자거나 하는 서로의 희망 사항을 공유하기도 하고 아침에 몸에 좋은 요거트와 과일을 갈아줄 테니 그는 저녁 설거지를 담당하라는 약속도 받고 말이다.

그런데 아파트 계약금 때문에 부동산에 내놓은 나의 전셋집에 새로운 세입자가 들어오기 1달 전.

평상시 근육에 쥐가 자주 나고 저려 관련 검사를 해오던 그가 난치병인 루게릭병일 수 있다는 의사의 소견이 나왔다. 의사는 갑상샘암의 호르몬 문제일 수 있어서 단언할 순 없지만 루게릭병일 가능성이 매우 높다고 말했다.

예전에 오래된 건물을 없애기 위해 폭발시키는 영상을 본 적이 있다.

단단한 콘크리트로 지어진 그 건물은 오래되었지만 여전히 튼튼해 보여 무너뜨리려면 꽤 오랜 시간과 노력이 필요할 것 같았다. 그런데 잠시 후, 그 건물은 나의 좋은 시력을 의심할 만큼 너무 쉽게 와르르 무너져 내렸다. 루게릭병 소견을 들은 후의 그와 나, 그리고 가족들도 그렇게 무너졌다.

그가 루게릭병이라는 것은 말도 안 되게 비현실적이다.

내가 알고 있는 그 병이란 평균 3년 안에 몸이 굳고 죽을 수도 있다는데.

헬스장에서 만난 건강했던 저 남자가?

담배도 안 피우고 술도 자주 안 마시는데?

단지 지금 손과 다리에 쥐가 나는 것뿐인데?

왜? 왜 그에게? 왜 우리에게?

병의 충격과 그를 향한 안타까운 슬픔.

우리가 하기로 했던 모든 계획의 무너짐에 대한 원망.

너무나 복잡한 감정에 울다가 잠이 들고 새벽에 눈물이 먼저 흘러 잠이 깨는 이상한 나날들을 보냈다.

눈물은 흐르는 줄도 모르게 줄줄 새다가 갑자기 오열을 했는데

그가 보고 싶고. 보면 괴로워지는 이러지도 저러지도 못하는 시간이었다.

세상엔 위로할 수조차 없는 것들이 있다.

처음 의사의 소견을 들은 후, 루게릭일 리가 없다며 처방된 약도 먹지 않던 그는 서서히 그 사실을 받아들이는 것처럼 보였다. 아니 그냥 그런 척을 하는 거겠지.

한껏 밝은 목소리로 웃기지도 않은 농담을 하곤 하는데 주위의 모든 사람이 자기만 보면 우니까 미안해서라고 한다.

그의 집은 처음에 울음바다가 되었다가 이제 침묵의 바다가 되었다.

그가 한없이 가여웠고 그를 볼 때나 보지 않을 때나 심장이 조이고 답답하고 마냥 억울했다. 언제 마비가 올지 알 수 없는 그는 자유롭게 몸을 움직일 수 있는 시간이 별로 없다고 마비가 오기 전에 하고 싶은 걸 다 하겠다고 했다. "뭐가 가장 하고 싶은데? 이번 주말에 하자."라고 묻는 나에게 그는 작은 목소리로 말했다.

"그냥 너랑 내내 같이 있고 싶어."

그런 그에게 어떤 말과 위로를 할 수 있을까.

내가 아는 위로라는 것은 "힘들어도 견디면 언젠가 좋은 날이 올 거야." 하고 말해 주는 것인데, 앞으로 하루하루 몸이 굳어가고 말을 못 하게 되며 결국 눈동자만 움직일지도 모르는 사람에겐 어떤 위로를 해야 하는 것일까. 막내딸을 든든하고 착한 남자에게 맡기는 게 마지막 할 일이라는 나이 드신 부모님께 그가 암도 모자라 루게릭병이라는 말을 어떻게 해야 할지도 모르겠다. 사람들에게 말하면 "남자 친구가 루게릭병이래. 불쌍해서 어떡하니." 또는 "헤어져! 결혼 안 한 게 다행이야!"하는 말들을 할까 봐, 그런 말들을 그가 들어야 하는 사실이 너무 괴로워 알릴 수가 없었다.

내가 할 수 있는 유일한 일은 남자 친구 앞에서 최대한 울지 않는 것.

그리고 부쩍 추워진 이른 겨울날, 손을 잡고 나란히 걸어주는 것뿐이었다.

슬픈 일이 남의 이야기일 땐 같이 눈물 흘리면 그만이지만 그 일이 나의 이야기가 되면 먹고 살 일이 걱정된다.

일주일 후면 살고 있는 집에 새로운 세입자가 들어온다.

이제 와서 계약을 취소하면 계약금 900만 원이 날아가고.

급하게 다른 집을 구하려니 죄다 월세뿐이었는데 아직은 다달이 월세를 낼 형편이 안 된다. 지금껏 열심히 살아왔는데 다른 친구들처럼 아파트 평수를 늘리기는커녕 잠자고 밥 먹을 방 1칸이 없다니…… 이 현실이 너무 서러웠다. 1달 내내 고민하다가 아니 현실을 외면하다가, 이사를 해야 하는 날 1주일 전이 돼서야 정채에게 이야기를 꺼냈다.

"오빠가…"하며 말을 떼었을 뿐인데

눈물이 펑펑 쏟아지는 바람에 울다 말기를 반복하며 겨우 이야기를 마무리해야 했다. 같이 김밥을 먹던 정채가 나보다 더 큰 소리로 울기 시작했다.

한참 동안 눈물을 쏟던 그녀는 진정이 좀 되자 같이 살 집을 알아봐 주었고 끝내 적당한 집을 찾지 못하자 사무실에서 지낼 수 있게 꾸며보자며 먼저 제안해 주었다.

"남자 복은 없어도 친구 복은 확실히 있는 것 같아."라고
농담처럼 말하는 내게 정채는 여전히 눈물이 그렁그렁한 눈으로 흘겨보
았다.

사무실로 이사를 하기 몇 시간 전이다.

넓지 않은 사무실이라 짐을 최소화해야해서 대부분의 가전이나 살림살이들은 동네주민들이 가져가도록 집 밖에 내놓았더니 모두 없어졌고 옷가지와 신발들은 지금 필요한 것만 빼고 전부 고향집에 보냈다.

그렇게 박스 대 여섯개 정도의 간촐한 이사짐이 만들어졌고 이제 방 안에 남은 것은 폐기물스티커를 붙여 밖에 내놓아야하는 테이블과 의자 2개뿐이다. 그러고 보니 27살 때 이 집에 들어온 후 꼬박 10년이 흘렀다. 그 시간 동안 6평 남짓한 이 작은 방에는 많은 연애의 기억들이 차곡차곡 쌓여갔다.

집 앞에서 한참을 망설이다가 쑥스러운 첫 키스를 한 아름다운 순간도.

대판 싸우고 현관문이 부서져라 쾅 닫고 나간 연인 때문에 밤새 울던 어느 날도 있었다.

그 남겨진 여러 기억 안에 웃고 있는 사람들은 달라졌지만,

한쪽 귀퉁이의 페인트가 까진 저 원목 테이블과

조금 삐걱거리는 두 개의 의자는 그대로이다.

10년. 그 긴 시간이 지나는 내내 이렇게 이 집을 떠나게 될 거라고 한 번도 생각하지 않았다.

이 집은 홍대 한가운데 있지만 카페 골목이라 시끄럽지 않고 베란다에선 밝은 햇살이 가득 들어오는 남향집이다. 건물주는 얼굴을 볼 수도 없는 쿨한 분이시고 홍대지역에선 구할 수도 없는 귀한 전셋집이다. 이 집이 너무나 좋아 10년을 쭉 살았고 만약 이 집을 떠난다면 그건 가정을 꾸리기 위해서일 거로 생각했지, 맨몸으로 사무실의 소파 침대에서 살기 위해 떠날 줄은 상상도 해본 적 없는 것이다.

37살이 되면 인생은 더 근사해질 줄 알았다.

그런데 27살보다 훨씬 더 초라해졌다.

잘못한 것도 없고 잘못한 사람도 하나 없는데

왜 이렇게 인생은 꼬여만 가는 걸까.

난 어떻게 살아야 할지 모르겠다.

현관문 앞에 쌓여있는 저 대 여섯개의 박스들이 37살의 내가 가질 수 있는 전부라고 생각하니 막연한 공포와 절망감이 몰려온다.

많은 사람들이 가정을 이루고 소박한 만족과 소소한 불만들을 지닌 채 살아가고 있는데, 나를 담은 세상은 부조리하고 엉망진창이며 아무 의미도 없는 것 같으니.

남자 친구는 추운 겨울에 사무실에서 살기로 한 나 때문에 마음이 몹시 상했고 미안해한다. 나는 우울함과 슬픔이 계속 커져 차라리 모든 감정을 차단해버리기로 했다.

단출하게 정리한 이삿짐을 싸늘한 기운의 사무실로 옮긴 날 밤.

그는 나를 보내주겠다고 아주 천천히 이야기했다.

나는 아니라고 말하지 않았다.

6부

달콤? 쌉스름?
알 수 없는
초콜릿 상자

부모님은 때론
너무 버거워

갖지 못할 것을 아예 바라지도 않는다면 덜 불행하겠지.

그런 의미에서 나를 힘들게 하는 것 중 하나는 사랑하는 부모님이다.

엄마는 그와 헤어진 후 혼자 지내는 나를 걱정하셔서

하루에도 몇 번씩 전화하신다.

"밥은 먹었니." "출근은 했니." "지금 어디야."

별것 아닌 듯 물어보시지만 그 질문 뒤편,

무거운 엄마의 한숨이 고스란히 전해진다.

"어휴 엄마. 결혼한다고 모든 것이 안심이 돼? 결혼했더니 남편이 아파서 가장이 될 수도 있고 바람피워서 이혼할 수도 있잖아?"라고 반문하며 막내딸이 처한 상황이 최악은 아님을 주장해본다.

그런 내게 엄마의 "응. 그렇지… 그래도… 결혼은 해야지."라는 대답이 돌아온다. 엄마의 대답은 어떤 반론에 대해서도 주장의 연역적 전개 따위는 뛰어넘으며 늘 같은 결론에 도달하기에 따지기 좋아하는 나의 입도 틀어막아 버리는 슈퍼 파워가 있다.

친구들에게 자랑할 만한 대단한 딸을 바라시는 것도 아닌데 난 그것도 이뤄 드리지 못하고 있고, 그렇게 어쩌지 못할 시간이 흐르는 동안 부모님은 점점 흰머리의 노인이 되어 가신다.

너무 바라지 않으셨으면 좋겠는데 부모님은 그러실 수 없으실 테니 어쩔 수 없이 불효자가 되어야 하는 나는, 때론 부모님이 너무 버겁다.

힘들어질 것이 분명한 그와의 사랑보다 그나마 덜 힘들어 보이는 이별을 선택했다. 그를 사랑한다지만 그래도 나 자신을 더 사랑하므로 최소한 덜 불행할 인생의 방향으로 발걸음을 옮긴 것이다.

그러고 나니 헤어진 그들이 이해되었다.

"날 사랑한다면, 진짜 사랑이었다면 날 선택했어야지."라고 했던 말들이 얼마나 나의 시선으로 바라본 기대와 원망이었는지.

그들도 그 사랑을 놓고 싶은 이유가 있었다.

단지 그 이유가 나의 성에 차지 않았던 것뿐인데 나는 왜 그들의 사랑이 한없이 얕고 이기적이었다고 비난했을까.

그들도 더 행복해지기 위해 또는 덜 불행해지기 위해 발걸음을 옮겼을 뿐이다.

한때 사랑했던 사람.

내 손을 놓을 수밖에 없었던 사람.

평범하고 나약한, 나와 같은 사람.

그렇게 그들을 기억하겠다.

슬퍼도 화장품은
사야하니까

그와 헤어진 후 3주째.

여전히 감당이 안 되는 슬픔과 조절이 안 되는 분노 사이에서 헤매다, 끝내 무기력이라는 감정에 정착해 종일 누워만 있던 내게 단골 화장품 브랜드의 세일 문자가 도착했다. "뭐 어디 나갈 일이 있어야 화장품이 필요하지."라고 중얼거리다 이젠 화장대도 없이 조그만 가방에 담겨 있는 몇 개 안 되는 화장품들에 눈길이 멈췄다. 내용물이 밑바닥에 조금 깔려 있을 뿐인 화장품들을 쳐다보고 문자 속의 세일 할인율을 다시 한 번 쳐다보고 결국 주섬주섬 옷을 챙겨 입고 집을 나서는 나.

빨강머리 앤의 말처럼 그야말로 절망의 구렁텅이에 빠져있어도

화장품이란 자고로 세일가에 사야 하니까.

그날의 감정만으로 센서티브하게 살아가기엔

나의 하루하루는 지독하게 생계형이다.

빨래방의
천둥소리

사무실에서 살기 시작한 지 일주일이 지나 밀린 빨래를 해야 할 주말이 왔는데 세탁 가방을 아직 사지 못해 빨래를 담을 곳이 쓰레기 봉지밖에 없었다.

산더미처럼 쌓인 빨래를 주섬주섬 쓰레기 봉지에 담고 어깨에 둘러업은 채 느릿느릿 걷고 있자니 예전에 뉴욕 여행에서 흔히 보았던 길거리의 홈리스 간지가 나네.

사무실이 있는 대흥동은 아직 모든 것이 낯설기도 하지만 전체적으로 주민들의 연령층이 높아 동네의 분위기가 가끔 당황스럽다.

특히 사무실 근처에 주부 학교가 있어서인지 몇 시간 간격으로(아마도 등하교 시간이겠지) 좁은 보행로는 아주머니와 할머니들로 꽉 차버린다.

그분들은 주로 비슷한 패딩에 비슷한 가방을 메시고 일렬로 천천히 걸으며 이야기꽃을 피우시기에 가뜩이나 좁은 보행길은 왠지 더 복잡해지곤 한다.

어제 그 할머니들의 무리 뒤에서 아~주 천천히 걸은 덕분에 눈에 잘 띄지 않는 작은 간판의 24시간 빨래방을 발견했다.

야호! 심봤다!

요리 기구가 없어도 전자레인지나 햇반 또는 반찬 배달 등으로 먹는 것은 어떻게든 해결이 되지만 빨래는 답이 안 나온다.

입을 옷이 없다고 옷을 계속 살 수도 없는 노릇이니까.

빨래방에 들어가 보니 좁은 공간 가득히 세탁기 3대와 건조기 3대가 있었는데 먼저 온 1명의 여자와 커플이 사용하고 있었지만 다행스럽게도 남은 세탁기 1대를 쓸 수 있었다.

굵은 매직으로 "세탁 3,500원/건조 3,500원"이라고 쓰인 벽에 붙은 종이. 동전만 사용이 가능한 것 같아 잠시 고민을 하고 있는데 다행히 옆 잔돈 교환기엔 만 원짜리 지폐도 넣을 수 있었다.

기뻐하며 1만 원을 넣는 순간,

우르릉!!!! 쾅쾅!!!

어디서 천둥 치는 소리를 내며 동전이 산더미처럼 쏟아져 나왔다.

500원짜리 20개였다.

예상치도 못한 엄청나게 시끄러운 동전 떨어지는 소리에 하릴없이 기다리던 세 사람의 눈은 일제히 나에게 향했고 난 진땀을 빼며 웅크린 채 동전을 담기 시작했다. 동전을 주워 담으면서도 놀라운 속도의 빠른 손놀림에 감탄스러웠다.

1시간 후, 오늘의 가장 중요한 할 일을 끝내고 홀가분해진 마음으로 돌아가는 나의 어깨에 여전히 커다란 하지만

깨끗한! 쓰레기 봉지가 들려져 있다.

뭐든지 긍정적으로 생각해야 인생이 잘 풀린다니까 사무실 바로 근처에 24시간 빨래방이 있는 것이 얼마나 다행이야 라고 생각하련다. 하지만 빨래방을 나올 때의 솔직한 마음은 37살에 건조 기능이 있는 최신형 세탁기를 사진 못할망정 24시간 빨래방을 다녀야 한다니 하는 쓸쓸함이 더 컸음이 사실이다. 게다가 그곳에 있던 3명의 사람은 죄다 20대 초반으로 보여

내 나이와 빈곤이 두 배로 뻥튀기되는 느낌이었다.

오늘따라 통돌이 세탁기가 있던 예전 나의 최첨단 집이 그립다.

수영을 시작한 건 사무실에서 살기 시작한 직후다.

사실 수영은 2년 전에 3달 배우다가 그만두었다.

2년 전, 킥 판을 잡고 왔다 갔다 하는 첫 한 주일 동안은 새로 배우기 시작한 6명 중 우등생이어서, 그동안 피서지 풀장에서 물안경 쓰고 놀던 게 도움이 되었나, 아니면 물고기자리라서 천부적으로 물과 친한 걸까 하면서 뿌듯해했었지. 하지만 1달 만에 20대의 풋풋한 친구들이 하얀 거품을 내지르며 무서운 속도로 쏙쏙 나아갈 때 "회원님, 호텔 수영장 오셨어요?"라는 코치의 핀잔을 들으며 30대가 훌쩍 넘어버려 예전 같지 않은 나의 몸뚱이를 탓할 수밖에 없었다.

그렇게 2달 만에 수영 배우기를 포기했었는데, 갑자기 다시 시작해야겠다는 생각이 들었다. 이제 출퇴근을 할 필요도 없이 일어나 옷만 입으면 회사니, 시간이 감당 못 할 정도로 남아돌았고 그 남아도는 시간 대부분에 무엇을 하면 좋을지 알수가 없었기 때문이다.

하지만 수영을 해서 몸을 피곤하게 만드는 것이 멍하니 앉아 눈물을 뚝뚝 흘리거나 불면증에 뒤척이다 일어나 초콜릿을 먹어 치우지 않게 도와주리라는 것만은 분명히 알 수 있었다.

수영할 때 수영장 레인의 끝을 알려주는 배영 깃발이란 것이 있다.

하지만 수영을 잘하지 못하는 나는 배영을 하지 않을 때에도 이 깃발이 간절히 기다려진다. 주로 숨이 턱까지 차올라 가쁜 숨을 몰아쉬다가 '이제 한계야.'하는 생각이 들 때쯤에 이 깃발이 나오는데 그러면 힘든 호흡도, 어디를 차는지도 모를 발차기도 곧 끝날 것이라며 안도가 되기 때문이다.

하지만 첫째 날. 깃발이 나오자마자 수영을 멈추어버리니 훨씬 더 깊어진 물에 발은 닿지 않았고 숨도 못 쉰 채 허우적대다 입과 코에 물이 잔뜩 들어가 버렸다. 그리고 그렇게 눈물 콧물 쏙 뺀 몇 번의 시도 끝에 알게 되었다. 깃발이 보일 때 조금 더 숨을 참고 몇 번의 힘겨운 팔 젓기를 더해야 수영장의 끝이 잡힌다는 것을.

그럼 아래에 놓인 스텝으로 인해 훨씬 쉽게 설 수 있다.

살아갈 때 만나는 모든 것은 생각했던 것보다 조금 더 해야 완성이다.

그렇게 춥던 겨울이 지나가고 있다.

조금 더 견디면 햇살 따듯한 봄이 올 것이다.

나만 빼고
늘 아름다운 것 같은 사랑

일하는 곳과 사는 곳이 같아 주로 실내에서 생활하는 나는 대부분의 시간에 라디오를 듣고 있다.

음악이 좋아 트는 것이지만 듣다보면 라디오를 꺼버리고 싶은 순간이 불쑥불쑥 찾아오는데 주로 그녀를 평생 사랑할거라며 순정을 바치는 남자 청취자의 사연이나 여자 청취자의 늘 사랑해줘서 고맙다며 하트 뿅뿅날리는 사연을 DJ가 한참동안 소개할 때이다.

그런 사연을 듣고 있자면 다른 이들은 모두 변하지 않는 뜨거운 사랑을 하는 것 같은데, 내가 했던 사랑들은 죄다 변했고 또 그다지 근사한 것도 아니었다는 생각이 들어 왠지 삐딱한 심보가 생겨버린다.

나를 사랑한 남자들도, 내가 사랑한 남자들도 그렇게 사랑에 목숨씩이나 걸지 않고 할 수 있을 정도로만 한 것 같으니 말이다.

원래 사랑이란 그토록 영원하고 열정적이고 아름다운 것인데 나만 이 모양인 걸까?

하지만 살짝 삐딱해진 심보로 반론을 제기해보자면,

'누구나 사랑이 장밋빛일 때는 그 빛을 향해 질주할 수 있다!'라고 하겠다.

문제는 둘 사이에 어떠한 난관이 생겼을 때인데 불공평하게도 어떤 사람들은 평생 그런 난관을 만나지 않을 수도 있고 또는 그것이 충분히 통과 가능한 작은 것일 수 있다.

상황이 비슷해야 각각의 사랑을 비교하고 깊이를 가늠할 수 있는 것이다. 그러니 나만 빼고 모두 다 대단한 사랑을 하고 있다며 울적해 하지 않으련다. 라디오에 나오는 저 달달한 사연의 사랑이 힘든 시련도 뛰어넘은 굉장한 것인지, 아니면 만난 지 1달밖에 안 되어 단지 두꺼운 콩깍지를 쓰고 있을 뿐인지는 아무도 모르니까. 감히 나의 눈까지 침범해오는 지나치게 빛나는 핑크빛에 마냥 부러워하지 말자.

누군 연애 안 해봤냐!

부러우면 지는 거다!!

계속 느낌표 찍어가며 패기 있게 외치고 있는데도

참 이상하게 어깨가 축 처지네.

수요일 낮 2시.

사무실에서 열심히 배송 보낼 상품을 싸고 있었는데 이 시간에 전화할 리 없는 친구 E에게서 전화가 왔다. 그녀는 지금 S 회계법인에서 근무 중인 남편을 따라 LA에 사는 친한 고등학교 친구다.

"여보세요? 웬일이야."

전화를 받자 내 이름을 부르는 그녀의 목소리가 불안정하게 떨렸다

"무슨 일이야? 왜 그래?"

그녀는 대답도 쉽사리 못했는데 우는 것 같았다.

난 잠시 그녀가 말하기를 기다렸다.

"… 남편이 바람을 피웠어"

한참 동안 말을 못 하던 그녀가 겨우 말했다.

충격적이다.

그녀의 남편은 친구들 모두가 인정하는 그야말로 점잖고 지적이며 딸 바라기인 일등 남편인데. 그가 바람이라니….

이야기인즉슨, 며칠 전 어떤 여자에게서 문자가 왔다고 한다. 시청률 보장인 아침 드라마에 나올 법한, 침대에 누워있는 남편과 여자의 사진이었다. 남편은 펄쩍 뛰며 부하 직원인 그녀가 회사 일을 힘들어해서 같이 술 먹으며 위로를 해준 것이고 어쩌다 보니 그날 딱 하루 실수한 것이라는 실망스럽기 짝이 없는 이유를 댔다. 하지만 조금 더 알아보니 위로를 해주셨다는 인간미 넘치는 그 밤 이후로도 몇 달을 더 만난 사이였다.

그날 이후 E는 이혼하기 위해 변호사를 알아보는 중인데, 이웃들에게도 말할 수 없고 한국에 있는 가족에게는 더더욱 말할 수가 없단다.

힘이 쭉 빠진 그녀의 목소리를 들으며 "나쁘다. 나빠. 어쩌면 ○○ 씨가 그럴 수 있니!!"라고 위로를 건넸는데, 사실 마음속 깊은 곳에서 우러나오는 '그 인간쓰레기 같은 놈!'이라고 퍼부어도 되는 건지 조심스러웠다.

그만큼 E는 남편을 굉장히 사랑했으니까.

그 후 1주일 정도 지나서 전화하자, 그녀는 "남편이 용서해달라고 싹싹 빌었어…. 그 여자랑은 확실히 정리했대. 이혼해야겠다고 마음먹었는데 아이를 생각하면 너무 힘들어. 아빠 없는 아이로 어떻게 키워. 이혼해서 한국에 돌아가는 것도 자신이 없고…."라며 마치 이혼하지 못하는 그녀를 내가 나무라기라도 할 것처럼 기어들어 가는 목소리로 말했다. "그래. 이혼이 뭐 쉽니. 네 마음 가는 대로 해. 용서할 수 있으면 용서하는 거고, 안 되면 헤어지는 거고 말이야. 아이는 엄마가 행복해야 잘 키울 수 있대."라며 결혼을 해본 적도 없는 내가 위로했다.

그녀는 여전히 이혼을 생각 중이지만 아직은 더 지켜보는 중이라고 했다. 세상에서 가장 사랑하는 딸이 아빠를 너무나 좋아하고 필요로 한다며.

E와의 전화를 끊고 생각했다.

우리가 조금 더 나이가 어렸을 때 그런 이야기를 들을 때면 "바람피우는 남자는 구제 불능이니 당장 이혼해야지!"라고 아주 단호하게 말하곤 했다. 그런데 이제는 "이혼해. 넌 혼자서도 잘할 수 있어!"라고 용기를 주면서도 세상 확고한 조언을 주는 것이 점점 어려워진다. 그녀가 진정으로 남편을 용서하고 그 일을 잊는다면(그런데 과연 그럴 수 있을까), 그동안 쌓아온 가정의 행복을 이어나갈 수 있는 가장 쉬운 방법일 것이다.

만약 이혼한다면 그녀는 그야말로 생활 전선에 뛰어들어야 할 텐데, 뚜렷한 자격증도 없는 데다 일을 안 한 지 오래되어 취업 여부도 불투명하니 지금과 같은 생활 수준을 이어나가는 것은 더더욱 장담할 수가 없을 것이다.

서글픈 마음과 싸우는 것 vs 험난한 세상과 싸우는 것,

둘 중에 무엇이 그녀에게 더 힘들게 다가올지 나도 그녀도 아직 알 수 없다. 결국 친구에게 확고하고 옳은 조언을 해 줄 수 있는 현명함이 부족한 나. 나는 그저 찌질하고 못난 이야기라도 솔직히 털어놓을 수 있는 그런 편한 친구라도 되어야겠다.

자기만의 괴로움,
자기만의 행복

그 어렵다는 건축사 자격증을 겨우겨우 힘들게 3년 만에 딴 진영이를 만났다. 영국 유학파에 유명한 영국 건축회사를 5년 넘게 다닌 엘리트 그녀였지만 결혼할 나이가 훌쩍 지나버리자 한국에 들어와 결혼하라는 부모님의 성화를 피해갈 순 없었다. 일과 가족 사이에서 고민하다 끝내 가족을 택한 그녀는 1년 전에 부모님이 소개해주신 엄청나게 가정적이고 성실한 공무원 남편과 결혼했고 행복하게 살고 있다. 그런데 부모님의 기대는 거기에서 그치지 않았으니, 결혼 후 1년이 지나자 이젠 아기를 낳으라는 성화가 양쪽 집에서 빗발치고 있단다.

검사나 해보자며 들린 산부인과에서는 난임이니 일을 팍 줄이고 마음을 편하게 가져야 한다는 이야기를 들어버렸고 말이다.

평생을 모범생이자 효녀로 살아온 그녀는 부모님과 남편을 생각하면 아기를 낳아야 할 것 같지만 정작 본인은 3년 만에 힘들게 딴 건축사 일에 매진하고 싶은, 이러지도 저러지도 못하는 거미줄 같은 상황에서 헤어 나오질 못하고 있다며 굉장히 수척해진 얼굴로 말을 했다.

왜 세상은 아무런 문제도 없던 그녀에게 굳이 고민을 안겨주고 결핍 있는 인생으로 만들어버리는 걸까.

그럴 처지는 못 되지만 그래도 그녀의 힘듦에 작게나마 위로를 주고자 "너는 집에 가면 온기가 있는 남편과 살고 있고 두 다리 뻗고 잘 집도 있잖아."라며 남자 친구 K의 이야기와 요즘 사무실에서 지내는 이야기를 들려주었다. 안타까움에 말을 잠시 잃었던 그녀가 나를 위로하고, 나도 지쳐있는 그녀를 다독이며 한참 동안 누가 더 힘든지를 두고 의미 없는 배틀을 했는데, 가족들에게 스트레스를 받고 있는 그녀는 피곤했고 그럴 가족이 없는 나는 외로웠음으로 결론이 쉽사리 나지 않았다.

지난 몇 달간, 아무리 열심히 걸어보아도 계속 시커먼 땅굴 속을 빙빙 돌고 있는 듯한 상황에 믿지도 않는 신이 원망스러울 지경이었다.

거기다가 세상 좋은 사람이라고 믿었던 사람들이 바람을 피우거나 우울증에 걸려버리는 것을 보니 '정말 다른 사람들은 보이는 것처럼 행복할까.'하는 의문도 들었고. 그래서 만나는 친구들에게 밑도 끝도 없이 진지하고도 느끼한 질문을 던졌다.

"너 지금 행복하니?"라고.

키즈 카페에서 하기엔 매우 생뚱맞게 말이다.

TV를 보거나 친구의 친구들 이야기를 들어보면, 아프다거나 혹은 생계가 어렵거나 하는 경우도 많지만 가까운 친구들 중엔 그런 경우가 없었기에 그들의 대답이 궁금했다. 놀랍게도 화목한 가정의 대표주자로 보이는 이 친구들 중에 '매우 행복한 사람'은 없었다.

다들 "나쁘지 않은 정도야."라거나 질문을 하자마자 최근에 싸운 이야기들을 했다. 남편과 맞벌이 동료 부부인 은정이는 어린 딸의 육아로 하루에 5분도 쉴 시간이 없어 사는 것이 너무 피곤한데, 집안일도 잘 안 하는 남편은 주말에 야구 동호회까지 나간다며 왜 이렇게 결혼 생활이 억울한 거냐고 펑펑 울었다.

하지만 울고 난 후에 그녀는 딸이 얼마나 사랑스럽고도 동시에 천재적인

지에 대해 한참을 이야기하고 남편은 철이 없어서 그렇지 마음은 따뜻한 사람이라고 덧붙였다.

의사 남편이 최근 병원을 개업해 그곳에서 실장으로 근무하고 있는 부자 친구인 혜진이는 24시간 내내 남편이 "넌 내 덕분에 호강하지."하는 말을 하는 동시에 지방 출신인 처가와 친구들을 무시하는 발언에 질려 애들만 대학 가면 이혼하겠다고 벼른다.

남편 앞에서는 아무 말도 하지 못하고 기가 팍 죽어있는 그녀이지만 멋있게도 우리가 먹은 저녁을 그녀의 블랙 카드로 쏨과 동시에 외제차로 따뜻하게 지하철까지 태워다 주었다.

그렇게 그녀들은 자기들만의 괴로움도, 자기들만의 행복도 있었다.

달콤? 씁스름?
알 수 없는 초콜릿 상자

언뜻 보면 세상엔 모두 가진 사람들뿐이다.

눈에 넣어도 아프지 않다는 사랑스러운 아이,

전세든 자가든 어쨌거나 존재하는 집,

별별 시시한 자랑과 참고 넘어갈 만한 불만들.

그래서 아주 평범한 것조차 허락되지 않은 건

나뿐인 것 같은 기분에 빠져 한동안 울적했다.

하지만 자세히 들여다보니 누구나 자신만의 괴로움이 있었다.

그 괴로움들은 주로 개인의 과거 또는 자신의 기대치와 비교되는 것이기 때문에 절대적인 고통의 수치로 말할 수 없을 것이다.

물 한 모금 마시기 힘든 아프리카 어린이나 전쟁 난민들을 생각하라며

하루에 3시간도 못 자 죽을 것같이 힘들다는 친구에게 "너 정도면 행복한 거야."라고 위로하는 것이 와 닿지 않는 것처럼 말이다.

(불우한 이웃이 나오는 TV를 보면 자기반성과 더불어 이기적이게도 약간 위로가 되는 것도 사실이지만.)

가끔은 내 삶이 이렇게나 보잘것없는 것이라면 콱 죽어버릴까 하는 생각이 들 때도 있다. 새벽에 혼자 깨어났을 때, 내 옆에 함께 있는 것이라곤 커다란 택배 박스 더미뿐임을 깨닫거나 생일날 축하 전화를 주는 사람도 없고 만나자는 사람은 더더욱 없어 혼자 20부짜리 미드를 다 보아버렸을 때도 참을 수 없는 외로움이 몰려온다.

그럼에도 콱 죽지 않고 살아있는 이유는 거지 같은 인생이어도 간간히 재미는 있어서이다. 아침에 일어나 커피 한 잔을 내리는 동안 공기 중에 퍼지는 진하고 쌉싸름한 향기가 밤 동안의 우울을 물리고 나를 눈뜨게 한다. 슈퍼 파워 가정주부인 정체가 싸 오는 맛있는 점심 반찬이 무엇일지 초등학교 꼬마처럼 설레며 운동하고 즐기는 뜨거운 샤워엔 절로 "어~ 좋다."하는 아저씨 감탄사가 나오고 말이다. 넷플릭스를 보며 가성비 좋은 7,900짜리 와인을 동그란 와인 잔에 또르르 담아주면 구멍 난 티셔츠에 수면 바지를 걸치고 있어도 꽤 럭셔리한 기분도 느낄 수 있다.

거기에다 약간의 희망도 있다.

오롯이 우리의 노력과 우리의 이름으로 된 회사를 꾸려나가다 보면 어느 순간에는 흑자를 내는 그런 날이 오겠지!

(제발. 데스노트 100개 채우기 전에 와야 할 텐데.)

그렇게 꾸역꾸역 버티며 살다 보면 나를 알아줄 괜찮은 남자도 나타나겠지 하는 소박한 희망 말이다.

물론 이제 '반드시 40전에'라는 구체적인 조건이 빠졌다.

인생은 섣불리 장담할 수 없단 걸 조금은 알게 되었으니.

포레스트 검프에서 "인생은 초콜릿 박스와 같아."라는 대사가 있다.

어릴 땐 별 감흥없이 들었던 그 말의 뜻을 이제는 조금 알 것 같다.

박스 안에 들어 있는 초콜릿이 달콤한 밀크 맛일지, 쌉싸름한 99% 카카오일지 아니면 약간의 위스키가 든 강렬한 맛일지 알 리 없는 우리가 할 수 있는 유일한 것은

손에 쥐게 된 초콜릿의 가지각색의 맛을 음미하는 것뿐.

기대와 다르면 실망하고 기대보다 나으면 신나 하면서.

그래서 지금 나를 찾아오는 괴로움들을 최대한 편하게 생각하기로 한다.

왜 평범한 사랑조차 할 수 없는 거냐고 원망하지 않기로 한다.

끝내주게 달콤한 데다 약간의 위스키가 더해진

묵직하고 환상적인 맛의 초콜릿을 60살쯤 집는 것이

나의 운명일지도 모르니까.

(흠. 근데 이왕이면 좀 빨리 집었으면 좋겠는데…)

참 외롭고 혼란스러웠던 지난겨울

그리고 제발 오지 않았으면 했던 38살의 첫 번째 아침.

'사랑에 있어서 바람과 노력에 결과란 따라오지 않는 것일까.'

에 대한 나의 물음을 떠올린다.

그리고 그 대답은 슬프게도 '아니다.' (아직까지는~)이다.

좋은 사람이 꼭 좋은 사람을 만나는 것은 아니고

노력한다고 사랑이 오는 것도 아닌 것 같다.

두드리면 열릴 것이라는 둥,

누구에게나 인연은 있을 거라는 둥의 말을 하기엔

내가 26살 때 미혼이셨던,

전 회사의 성격 좋고 아파트도 있는 차장님이 아직도 미혼이시다.

짚신도 짝이 있는 것은 아니었고 "이게 너의 짝이야."하며 듣도 보도 못한 이상한 것을 가져오는 사람은 그걸로 한 대 때리고 싶을 뿐이다.

38살.

아직도 혼자일 줄은 전혀 예상치 못했다.

나를 잘 모르는 사람들은 "네가 눈이 높아서야."라고 말하지만 나의 몇 가지 연애담을 들려주면 다들 입을 다물어버린다. 그러니 "이러이러한 남자를 만나 이렇게 살아야 해"하고 충고하는 사람들 말을 다 들을 필요는 없는 것이다. 그들도 그저 자기들이 걸어온 길만 알 뿐이니까.

가끔 생각해 본다.

33살에 J가 아닌 적당한 나이와 직업을 가진 남자와 결혼했더라면 행복했을까?

글쎄. 지금과는 다른 행복 그리고 다른 고통이 있었겠지.

자칫하다간 E의 바람 피우는 남편이 내가 되었을 수도 있고.

5년간의 짠한 나의 연애를 돌아본 것은 그때 무엇을 잘못했고 어떻게 해야 했는지 알고 싶어서였다.

하지만 그들과 만나고 헤어진 모든 과정에서 특별히 잘못한 것은 없었고 심지어 사랑을 위해 고군분투했다는 것에 스스로 위로가 되었다.

게다가 현명함과는 거리가 멀고 늘 헛발질에 가까운 나의 이야기가 사람들에게 꽤 도움이 된다는 것도 알았다.

'내 연애만 거지같은 것은 아니야.'라는 것을 알 때 연애에 도통 재능이 없는 우리 싱글들은 서로 위로받는 법이니까.

물론 내 연애는 정말 힘듦을 겪은 사람들은 콧방귀도 안 뀔 이야기이다.

부모님이 사기를 당해 가족 모두 신용불량자가 된 사람. 태어난 아기가 희귀 질환이라 내내 병원에서 살아가는 부모들도 넘쳐나는 세상에서 고작 나의 연애란 "저는 왜 이렇게 안 풀리죠?"하며 새로 신내림을 받아 용하다는 점쟁이를 찾아 묻고 싶은 그런 정도의 마음 힘든 이야기일 뿐이니.

하지만 이런 평범하지만 잘 안 풀리는 인생을 살아가는 것이 우리 대부분인 것도 사실이다.

여전히 행복해만 보이는 다른 친구와 비교되어 마음속에 괴로움, 부러움,

자괴감이 넘쳐난다면, 그냥 이렇게 생각하는 것은 어떨까.

'지금 저 친구는 자기 인생의 파도 위에, 나는 내 인생의 파도 아래에 있을 뿐이야.'

누구나 자기 인생의 파도에는 피할 수 없는 높낮이의 파장이 있을 테니 말이다.(그렇다고 친구가 파도 아래로 가라앉게 해 달라고 저주를 내리진 말자.)

이러이러하게 살아야 한다고 가르치고 자랑하는 사람들과는 92살 때쯤 지팡이 짚고 다시 만나서 평가하고 우승자를 가리는 것이 좋을 것 같다. 그 전엔 우리 모두 처음 가보는 인생이니, 가다가 꽃밭이 나오면 콧노래를 부르고 깊고 검은 바다가 나오면 열심히 팔을 저으며 수영하는 수밖에. 누구나 그 인생의 어느 부분에 한없이 반짝이던 시기가 있었음을 기억하자.

그 반짝임은 뿌옇고 답답한 날들이 있었기에 발견될 수 있었다.

1주일간의 연말연시 휴도주간을 마치고 다시 서울로 가고 있다. 그동안 한 친구는 귀여운 둘째 소식을, 다른 한 친구는 남편이 췌장암 말기라는 소식을 알렸다.

두 친구를 각각 다른 마음으로 만나러 가는 길.

결혼이 종착지인 줄 알았던 사랑이란 것은 그렇게 엄마라는 이름으로 아내라는 모습으로 계속 이어지고 있었다.

내가 아직 알지 못한 일들을 겪은 친구들이 괜찮았으면 하고 바랄 뿐이다.

'겨우'라고 해야 할지, '벌써'라고 해야 할지 모르겠지만,

아무튼 38살 먹는 동안 나름의 우여곡절 많은 연애사에서 깨달은 점이 한 가지 있다면,

'누군가를 만나 인생의 동반자가 될 수 있을까'에 대한 것은 여전히 불확실하지만(흑흑)

'다른 이의 기준으로 사랑을 하고 인생을 살아가는 것'은 확실히 불행할 수 있다는 것이다.

20대엔 뜨거운 연애.

30대엔 안정된 결혼.

그리니치 표준시간으로 정한 것도 아닌데 우리 대부분은 비슷한 속도의 인생 시계를 차고 있다.

그렇기에 조금 늦으면 두려워하고 약간 평균에서 떨어지면 비참함에 마음이 쭈글쭈글해진다.

하지만 아무리 세밀하고 촘촘하게 계획을 세워도 예상치 못

한 일들이 끊임없이 터지는 인생에선 빈틈없이 가는 시계보
다 조금은 말랑말랑한 자기만의 시계가 필요할 것 같다.
그래야 예상치 못하게 늦어진다 할지라도 그 시계는 멈추
지 않고 계속 갈 수 있을 테니까.

요즘 소개팅마다 잘 안 된다는 나의 말에
"결혼은 왜 하고 싶은데?"라고 물어보고
"결혼 안 하는 것도 괜찮은 것 같아."라며 혼자 답하는 기
혼 친구들이 점점 늘어난다.
"너는 결혼하고 나보고는 왜 하지 말래!"라고
반박하기엔 그들의 표정과 한숨이 진심이다.

20대의 청춘이 다 패기 넘치고

30대의 미혼이 다 화려하지 않은 것처럼,

결혼이 우리의 인생을 마냥 안정되고 행복하게 만드는 것

도 아닌가 보다. 그래서 진지하게 나 자신에게 물어보았다.

"왜 결혼하려는 거야?"

결혼해야겠다고 느끼는 솔직한 이유는 이것이다.

"누군가를 사랑할 때 가장 즐거워지니까."

사랑은 기다리는 지루한 시간을, 설렘이 가득한 시간으로.

땅바닥을 보고 걷던 종종걸음을, 서로의 얼굴을 보며 나란

히 걷는 발걸음으로.

뭐 하나 웃긴 일이 없음에도 엔도르핀이 마구 도는 놀라운

하루를 만든다. 그래서 아무리 사랑에 깨지고 까여도 또 사랑할 누군가를 찾게 되고 그 사람의 옆에서 평생 같이 있고 싶으니 결혼이라는 것을 해야겠다고 말이다.

하지만 현실 앞에서 조금 솔직해지기로 한다.

독거노인으로 달려가는 급행열차를 타는 소리라며 엄마는 기절하실 이야기지만 행복한 결혼? 될 사람은 되고 안 될 사람은 안 된다는 걸 이제 알 것 같다.

결혼은 보통 사랑에서 시작하겠지만 늘 같이 끝맺음하는 것은 아니었다. 또한 사랑이 결혼으로 귀결되더라도 그 이후의 삶이 행복으로 보장된 것도 아닌 것 같고.

에필로그

그러니 조금 더 생각해보면, 지금 연애가 망했다 한들 인생이 망한 건 아니란 결론이 나온다.

나의 시계가 조금 늦어지고 있다고

아예 고장 난 것은 아니니,

누군가를 지금 당장 만나야 한다고 스스로 닦달하거나

결혼을 향해 무작정 눈감고 질주하지 말고

지금 걸어가는 나의 인생길에 자연스레 따라오게끔 해야

겠다. 혼자서라도 하루하루를 즐기며 꽃이 핀 길을 걷다

보면, 어느 길 한 모퉁이에서 "날씨 참 좋지 않아요?"라며

같이 걷는 사람이 생겨나겠지.

만약 긴 시간 꽃길을 걸어보아도

누구 하나 말 거는 이가 없다면?

그래도 괜찮다.

꽃이 가득한 길을 걸었으니 그것도 꽃길이다!

"잘 지냈어요?"

그리고 어제 J에게서 문자가 왔다.

헤어진 후 4년 만이다.

나. 잘 지내고 있었나?

잘 지냈냐는 그 질문에 뭐라고 답해야 할지 몰라 오랫동안

들여다보았다.

그의 SNS 프로필에 걸린 사진은 참으로 편안해 보였기에

그에 어울리는, 무겁지 않은

대답을 찾기란 무척 힘들었다.

한참의 시간이 흐른 후,

보내지 않을 것이 분명한 답장을 혼자 해본다.

'난 적당했어…. 너는 어떻게 지냈어?'